浮生拾記

黎翠華 著

匯智出版

序

　　這本小說集由十個短篇組成，都是近年的書寫，全屬虛構，但不多不少有些「引子」啟動我，可能是一則新聞、一幀照片、街上某個意味深長的背影；也或許是社會上擾擾攘攘的人與事，無意中落在我的記憶裏，悄悄地長成各種形狀。故事裏的主人翁都走在崎嶇的路上，充滿疑惑，迷惘地摸索着前行，儘管跌跌撞撞仍以自己的方式走下去。〈夏日〉裏的男主角隨着環境的變遷失去自信，又不知如何去適應；〈茶餐廳〉裏的「她」對距離不到一小時車程的地區完全沒有歸屬感，總是迷路；〈易安〉的主角對另一個與自己名字相同的人的不認同；〈安美的旅行〉中安美給丈夫三個不同的稱謂，因應情況以不同的名字去叫喚他；「無證者」阿麗的身份在任何一個地方都不存在，卻有血有肉的活着；〈醂醂浮生〉裏兩個性格各異的男子互從對方的身上去觀照自己。這些人物依據各自的經歷和際遇去建構各自的人生，在自我認知和他者認知之間尋找交匯與平衡，而別人對他們的身份定義往往又與他們自己的認同存在差異，有時甚至存在鴻溝，像〈渡〉中的母親被人看作大陸妹以致後來變得疑神疑鬼。他們企圖通過對自我存在的理解和感知，探問「我是誰」這個課題。

　　過往結集，我習慣把最舊的一篇排於最前，這本小說集卻相反。〈夏日〉雖然最早動筆，卻是最後完成的。算起來是好久以前的事了，故事寫了一半，隨着更換電腦漸漸忘掉，因為有機會出版才被我發掘出來繼續寫，是最舊亦是最新的。書本都要定個目錄，各篇必須有個排序，我乾脆從〈夏日〉開始，由新至舊。重讀舊作，通常我只改些語法、標點和錯別字，覺得這樣才能保留原來的面目，雖然不完美，卻是真實的，昨天的我與今天的我總有分別。然而這一次，2020 年方始，全球疫症橫行，我跟所有人一樣閉門在家，生活方式完全改變了，那還有甚麼是不可以改的？整理這本書的時候，就隨意的把看不順眼的字句刪減。

　　在此艱辛的時刻，還有機會把拙作結集出版，我衷心感謝匯智出版社的羅國洪先生。面對巨大的災難，個人實在感到無力，倖存於世，唯一可做的，只是記錄當下。

目錄

夏
日

夏日

1

　　午後的意大利廣場十足一個在火裏烤透了的鍋，又乾又熱。光是散開的，空氣是膨脹到接近燃燒點的，物體因帶着強烈的黑影才讓人感到它們的存在。半熔解狀態的柏油馬路踩下去腳底發軟，邪氣地吸嗫着路人的鞋。鬱蒸的植物悶着一腔火，粉濛濛的看似插在翻騰的湯裏。汽車全是熱鍋上的螞蟻，帶着金屬的腥氣焦躁地駛過，斑馬線上的行人皺眉皺眼的像受着酷刑。

　　離開辦公室的子宸，雖然早有心理準備，但室內和室外的溫差還是教他發暈，在門影裏自言自語：「真是世界末日了。」

　　「哎！如今甚麼都說有毒，連這太陽也中毒啦！」跟在後面的老張呱呱亂叫：「我在這裏二十幾年，從未見過這麼熱。」

　　「你還未到退休年齡哩！這就得了失憶症？」子宸瞪他一眼：「有一年不是熱死幾千人嗎？香港的新聞都有報道。」

　　長年在室內活動的老張，臉上黯黯的一層灰，晴天發青雨天發霉。他傻笑一下：「真是！誰想到時間過得這麼快！天天一

個樣，年年一個樣，都分不出來了。」

子宸瞅一眼瘦小的老張，心裏嘆口氣，繼續向酷熱迎去。他沒想到有這麼一天，他的「死黨」只剩下這個衣著過時、言語乏味的男人。辦公室就他們幾個人，除了老張和短期實習生，另外的已婚婦女自成一幫，嘀嘀咕咕的盡是些老公孩子的事情，還未下班心已經回了家。其實老張也想回家，他嘮叨了幾遍他老婆已經熬好了綠豆湯冰着，後來子宸實在忍不住：「哪有人看世界盃的時候喝綠豆湯的！這麼熱，你家又沒有空調！」

酷熱中沒有空調最難忍受。地鐵是烤箱，一般的民居只有電風扇或甚麼都沒有。上一次世界盃最精彩的幾場賽事他還在香港，在愉景灣的朋友家裏，空調勁足，風涼水冷，一幫人圍着大型電視屏幕邊吃邊喝邊叫。菲傭在外面燒烤，不斷送來香噴噴的串燒、雞翅膀、香腸、牛排豬排，順手拿走空了的啤酒瓶。這種節慶般的氣氛不知為何到了這兒就沒有了，至少他的生活中沒有了，即使有也不關他的事，那是別人的生活。

老張不明白看世界盃的時候為甚麼不可以喝綠豆湯。這兩個男人除了已婚之外，其他的共通點可能只有一個：大家都説粵語。廣州人在北京唸書，老張既喜歡綠豆湯也喜歡酸辣湯。不過他在霸道的老闆陳太的威勢之下多年，好不容易盼到一個和他一般「受氣」的男同事，當然得站在同一陣線，於是他也陪子宸喝啤酒。

五點鐘下班，剛好趕上一場球賽。意大利廣場上一家有空

調的酒館設有大屏幕，下班的男人不停的往裏擠。並非他們家裏沒有電視機，而是看球的人喜歡聚在一塊兒喧叫，一呼百應的囂鬧。不同年齡國籍的男人，穿白麻襯衣的、工人裝的、運動服的、打領帶的、甚至廚裏的大師傅也跑出來了。這一刻他們都有共同的目標，視線全落在那個球上，並不需要語言就能溝通，各以自己的聲線在嚷。

他們一高一矮的閃到角落去，也要了啤酒。兩個男人對着喝了一口，又喝一口，不知為何子宸的情緒就是沒法像其他人那麼高漲。老張是絕對不會大叫大嚷的，他的聲帶卻繃緊了。有一刻衝口而出的喊了一聲：「好！」一片喧嘩中，他聽不到自己的聲音。

老張的家就在辦公室附近，天氣熱，其實他一步都不想出門。去意大利廣場還得走幾個路口，他多番試探子宸的意思：「不如買啤酒上我家喝，又便宜又可以安安靜靜的看球賽，不是更好嗎？」

老張不明白，子宸靜怕了。卜明早出夜歸，辦公室不是講法語就是普通話，連電話都不用他接。他閉着嘴巴上班，閉着嘴巴回家，成天悶着，只想找個人聊聊天，而非坐在那裏觀賞老張的家庭生活。老張一進門就不自覺地拿起桌上的信件看，見了植物就澆水碰到貓就顧着餵，窗開了又關關了又開，地上有零碎物件趕快拾起，沙發上有污漬立刻懊惱地拿抹布去擦……只要一進入「家」，辦公室的老張就消失了，那是另一個

老張。雖然他口裏不停地說：「隨便坐，別客氣，當自己家一樣！」子宸知道他早已分了心。到張太太把兩個下課的孩子接回來，一家人鬧哄哄的，他覺得自己連插句話的縫兒都沒有。

子宸也明白無論過去現在將來老張都不是個泡酒館的人，因為他的生活中，或是生命中，都完全沒有這個需要。這不是經濟或文化的問題，受過高等教育的老張是從心底裏不喜歡這些東西，大概在他的基因裏就決定了。已經佩戴老花眼鏡的他，除了勉勉強強地皮笑肉不笑的跟老闆打招呼，他的眼神沒有一點矯飾，讓人清楚知道自己的頭沒梳好臉上沒刮好鬍子。他在唐人區工作，在唐人區居住，除了回國不會離開這個到處買到醬油和薑葱的地方。早餐最好喝粥，回到單位再來一杯普洱茶，是為了約人或某些特殊的原因才會去酒館，一年難得一兩次。即使他像所有男人一樣捧着啤酒，那神態子宸還是覺得他適合喝綠豆湯。老張願意陪子宸看球賽，他心不在焉地盯住電視屏幕，等那球懶懶地從這隻腳到那隻腳之間拖來拖去的時候，就加一句：「陳太這樣處事是不行的⋯⋯」

這不是子宸跟老張的共同話題，但到底有個人和他說話，一種他明白得透徹的語言，即使一個尾音或語調輕重的含義他都清清楚楚，是直指生命的、做夢或喊救命時的用語。

2

那天很熱，子宸離開補習社，推開樓下的大門，街上一陣

熱氣撲來有如熊熊烈火。他腦袋都被燙熟了，懵懵的，想過馬路，結果紅燈轉了綠燈轉了仍未過，又改變主意打算去另一家較近的茶餐廳。忽然玻璃門一閃，卜明出來了。她身上一件輕飄飄的白襯衣、半截牛仔裙，體形纖長但又不是瘦，走動中那白綢上衣晃來晃去勾勒許多靈動的線條，仿似涼風習習。她一朵花那樣穿過滿街的閒雜人等，往銅鑼灣的方向走，他只覺得滾滾熱浪潮水般退了下去。

一頭沒染金沒染藍的烏絲隨便盤在頭上，幾縷細髮隨着她的動作在白皙的脖頸上飄盪，不知為何，他突然來了一股傻勁，被鬼迷似的跟住她，輕輕的叫了一聲，她立刻轉身。

「是卜明，不是不明！」她糾正他，小小的米妮項鏈在領口盪了一下。

「我故意的，不然你會回過頭來嗎？」

其實他只是隨口說。陽光下，她的鼻子端秀玲瓏，分明是個外省人。那時他還未去過杭州，對這個地方的印象都是從電影《白娘子傳奇》來的，不知這卜明是白蛇還是青蛇。他說：「好熱！去喝一杯吧，補習社連冰過的飲品都沒有。」

卜明爽快的答應：「好呀！我正想去買可樂。」

這個暑假子宸沒有跟朋友外出旅遊，他說要幫一個同學創業，其實不想別人追問女朋友的下落。這事真難解釋，無風無浪，女朋友就是覺得子宸不理解她，於是分了手。男女間的愛與不愛，都無需理由，只是跟着感覺走。他並非初戀的少年，

這不算甚麼打擊，況且是好幾個月前的事了，他只是不想再提。老同學也真的辦了一家補習社，在灣仔，租金好貴，趁暑期開了很多速成班，一時不夠人手。子宸本來就是英文老師，編課程駕輕就熟，幫他頂頂班絕無問題，忙忙亂亂的日子亦過得快。

有天補習社的秘書病了沒來上班，開課不久，甚麼都亂成一團。他在教務處幫忙，把堆在辦公桌上的學生名單發給各班老師，看見檔案夾上寫着「卜明」，以為是個男的，沒想到來了個嬌滴滴的女孩。她臉容白淨，笑着道謝，微絲細眼好嫵媚，他也趕忙擠出笑容。這麼多人，誰的名字他都沒記住，只記得卜明，教普通話的。

補習社的教室面積窄小，學生眾多，在秘書處放了幾把椅子權充老師的休息室。報名的人吵吵鬧鬧，電話響個不停，沒人願意待在那裏。空檔時間，大家各有各溜，到上課時再出現。就那麼巧，時常在走廊上碰到卜明，她跟誰都主動打招呼，雖然故意盤起了頭髮扮成熟，眉眼間仍透着一種入世不深的天真，就像她肌膚上掩蓋不住的光澤。子宸見她手提包上吊着迪士尼的米妮老鼠，估量她不過二十三、四歲左右，班上有些學生的年齡還比她大。問她是否兼職老師，她說：「不！我是全職的，香港的生活費好貴。」杭州人，爭取到獎學金來港唸碩士，廣東話講得不錯。她說自己的英文不夠好，問子宸該看甚麼書，顯得很進取。通道上人來人往，聊不了幾句，子宸想邀

她去喝杯咖啡，但有其他老師經過又有點不好意思。

終於在街上碰見。原以為，不過去喝一杯，沒想過會怎樣，但原來跟卜明聊天很開心。她很爽直，不似一般的女孩總要猜測她們的心意。或許長期離家在外，她自己一個人到處找房子、找工作，也不怕碰釘，甚麼都敢試。她說補習社這份工是自己毛遂自薦的，她去電腦商場途中發現補習社在裝修，就去找負責人。她講多了，就聽出口音，子宸覺得特別有趣。

子宸由衷的讚歎：「你好勇！」

她模仿他的語氣：「混吓啫，又唔駛死。」子宸明知她想說「問吓」，還是忍不住笑了。

「笑甚麼！你連我的名字都講錯。」

「那麼我們就多點練習吧！」子宸邊笑邊說。

沒想到第二天又碰上，卜明要回請他。付賬的時候，卜明把手提袋放到桌面找錢包，子宸一手按住，米妮剛好落在手心，雖不至於痛還是很突兀。他說：「你還是學生，讓我來吧。」卜明沒有堅持，他鬆開手：「這麼喜歡米妮嗎？」

「當然喜歡！」她嚷：「這是我的吉祥物，無論我去哪兒，她都陪着我。」

他心裏說：還是個小孩。想逗她：以後我陪你得了，用不着她了。話到口邊，覺得這樣說有點輕佻，又忍住。之後約她，都沒有拒絕，後來他不去補習社了，兩個人在星期六或日總見見面。

週末補習社特別忙，卜明又貪玩，累死了也要趕去看最後一場電影，看完餓得發慌，兩個人到處找東西吃，之後最尾一班地鐵都開走了。夜已深，子宸習慣送女朋友回家，可是卜明不用他送，說西環很安全，小巴直到她家街口非常方便。子宸知道她，外表嬌柔，但獨立慣了，用她的話說帶點女漢子脾氣，就隨便她。他也累，樂得自己坐的士過海，上車立刻倒頭大睡，要司機喊他才曉得下車。

一個星期六，預測會打風，天氣不是太好，子宸接卜明下課，打算吃過晚飯就回家。

「不過一點小風，怕甚麼！」她說有同學來了，約好在蘭桂坊喝一杯：「一起去吧，你是本地人，正好介紹一下香港有甚麼好玩。」

他也不知道有甚麼好玩。酒吧太吵，於是帶她們上士丹頓街吃意大利餐。電動樓梯經過一路的華燈，女孩們嘻哇笑鬧不停的拍照，擺着各種姿勢，子宸但覺她們精力無窮。走進一家歐陸風的餐廳，褐色頭髮的侍應生過來招呼，子宸用英文點菜，幾個女孩欽佩的望着他，不停的向他敬酒。「再喝我要醉了——」子宸說。她們哈哈笑，卜明說：「不怕，醉了我們送你回去。」一仰首就把杯裏的酒喝掉。「喂——」子宸要攔也攔不住：「慢慢來，紅酒不是這樣喝的——」

沒人聽他的，你一杯我一杯的把酒乾了。

離開餐廳，街上下着雨，子宸截了一輛計程車讓同學們

先回酒店。剩下他們兩個,只見雨越來越大,一陣陣的跟着風走,別說沒傘,有傘也不管用。他跟卜明說:「你也坐的士回去吧。」

這時忽然來了一輛小巴,「蓬」的一聲在他們面前打開了門,卜明推着他:「雨太大了,上車再說。」

從那一晚開始,子宸的週末幾乎都在卜明那裏過。

幾十年樓齡的房子佇立在斜路上,黑駿駿的樓道,長鏽的郵箱,潮濕的氣味,子宸以為鑽進了蝸牛殼裏,他乾脆叫這小窩作「蝸牛殼」。沒有電梯,上到三樓,有很多門,其中一個很小的單位,擺了單人床、櫃、書桌幾件家具,牆上的架堆滿了書和雜物,椅子也只得一把。第一次來,兩個人走動都要避讓,他沒想過可以過夜。但原來,只要願意,人可以變形。卜明柔若無骨,子宸覺得自己也融化了,兩個軟體動物藏在蝸牛殼的深處服服貼貼的,相擁着,如連體嬰,如雙生兒,感覺到彼此的心跳、體溫,沉迷在沒有晨光的空間裏。幽暗是如此的甜蜜,細細的呼吸暖流那樣劃過面頰,子宸覺得他們已揉成一體。外面下着大雨,風呼嘯而過,那又有何相干?床再小都沒關係,他們可以變成流質,此消彼長,水乳交融。

他無法讀懂前女友的內心世界,而卜明完全相反。唸工商管理的她很簡單,就是找工作、賺錢、玩樂,去一趟迪士尼已非常開心。她最愛可樂和美食廣場,有圖片有價錢,清清楚楚,可以試完一樣又一樣。她喜歡港產片,周潤發張國榮的,

而且要看原版，順便學廣東話。子宸回家把陳年光碟翻出來，好不容易找到一齣吳宇森的《縱橫四海》。卜明見了立刻要看，兩個人擠在小床上打開手提電腦，悶得一身汗，她還讚歎：「巴黎好漂亮！你去過嗎？」

「去過，大學畢業那年的暑假，跟同學在歐洲跑了一圈。」

「我也要去！」

「好呀！等放暑假我們一起去。」

她歡呼一聲抱住他。子宸從未聽她說過想家，成天只顧着打聽這個世界有甚麼新鮮事兒，一日二十四小時都不夠她用似的。

她活得高高興興的，子宸在一個不會情緒低落的人身邊，雖然不知高興些甚麼，心情卻的確越來越好。

3

最先發現子宸生活上的變化，是他的父母。

子宸與父母同住，雖然他假期都去旅行，間中也不在家，但不會一連幾天不見人影，肯定外面有了落腳的地方，言語間就試試探探的。子宸甚少帶女朋友見父母，她們都不喜歡這類應酬；或許應該說，還沒發展到這個份上就分了手。冬至那天，他見卜明一個人，在此地又沒有家，就提議一起回家吃飯。

卜明已換了工作，一家中資公司，職位和薪酬她都頗滿意。大家約好下班之後在美孚站等，見面時卜明要去買禮物。

子宸説：「不用了，不過回家吃頓飯，你不來我也要陪他們吃的。」卜明卻非買不可：「哪有人兩手空空去別人家做客的，還是第一次。」堅持買了曲奇餅和水果。子宸説：「沒想到你竟然這麼婆婆媽媽。」卜明説：「春節時你陪我回家一趟好不好？讓你見識一下我要送多少禮，我一個人搬得好辛苦。」

飯桌上，卜明大讚母親的廚藝，甚麼都説好吃。父母當然很高興，叫她「明明」，語氣親暱，與她相處得很好。後來見面多了，父母竟然單刀直入，勸他結婚。

「你都唔細啦，明明又孤零零一個人在香港，不如成家立室。我們已經預了一筆錢給你作首期，等你結婚時可以買樓。」父母説。

他沒想過這麼快走到這一步，終於，經不起雙方父母的催逼，而且事情發展得如此順利，有甚麼理由不去完成？何況天氣越來越熱，他們在「蝸牛殼」也待不下去，乾脆把婚結了，名正言順的換個房子。至於度蜜月，卜明提議去巴黎。他以為她還記住那齣電影，但原來卜明是順便去開會的。她的公司在法國有投資項目，行李中有一大堆文件，帶上筆記本，候機時還忙着跟那邊的公司聯繫。

「哪有這樣度蜜月的！」子宸説。

「我剛加入這家公司，不是如此我怎能得到十天假期！」對於自己的精心設計，卜明還挺得意的。

直航機，清晨六點半就抵達。到了酒店，子宸很興奮，打

算到咖啡館來個法式早餐。卜明一看手機，說公司九點鐘派車來接，先開了會再說。

「我就是不讓你去——」子宸抱住她，但卜明還是蛇一樣的溜走了。

結果，是子宸自己一個人在街上瞎逛。卜明答應他一起吃中飯，他一直等，無無聊聊的走到龐畢度中心，坐在廣場上給人畫了一張肖像，橫看豎看都覺得自己黑口黑面的。一直到黃昏，卜明才出現，因為時差，兩個人都很累，結果在酒店睡着了。

半夜，子宸肚子餓得咕咕響，卜明蜷縮在他懷裏，他又氣不上來。他撥開她披散一臉的髮，看到她桃子那樣鼓起的唇。柔軟的唇忽然微微牽動，在笑，他瘋狂的吻下去，嘶叫着：「我要把你吃了……」卜明透不過氣來，一邊喘一邊笑。

第二天，卜明還是忙了半日，玩樂時間不過就剩下一星期左右，子宸都氣炸了。畢竟，塞納河的微風把所有的不快吹散。夏日的黃昏，他們手拉手的走着，身影在碎石子路上糾纏，穿越一路的梧桐樹，經過了一道橋，又一道橋，絢麗的晚霞在天邊凝聚，蔚藍的天幕，金色的夕陽，天色彷彿永遠不會暗下去。

「巴黎好美！以後我們每年夏天都要來……」卜明說。

「好的，每個夏天——」子宸緊緊的摟住她，下巴抵住她的頭髮：「但不准來開會！」

　　蜜月回來，子宸剛好開課，大家各有各忙。隨着時間，卜明的身體好像不那麼柔軟了，甚至有稜有角了。她骨架窄細，但不瘦弱，臂膀小腿甚至有點圓滾滾。她早出晚歸，提着沉重的公文包走得飛快，三十六號的小腳永遠套着高跟鞋，尖尖的頭，高高的跟，線條堅硬，漸漸跟她的腳長在一起了，他錯覺，她連洗澡都踩着這雙鞋，睡覺時也在被窩裏踢他。

　　拿到特區護照後，卜明幾乎每個月都要出差，時常要去法國開會，後來公司更要求她長駐。子宸當然不同意，卜明極力說服他：「到了那邊我就是小主管，升職加薪，有甚麼不好？公司也只是讓我試試看，還沒定下來，這麼多人覬覦這個位子我也不一定坐得穩。」硬勸不成又來軟哄：「再不用準備夏天去巴黎的費用了，工資以外我還有津貼。我們好好的玩個飽再調回來，不是挺好嗎？」

　　子宸知道攔不住她，勉強答應她試三個月，說好了三個月後一定要回來，語氣卻是悻悻然：「你公司也太沒人性了，剛結婚就把人調走。」卜明雙手環住他的脖子：「我也捨不得你呀！可是一輩子那麼長，三個月一眨眼就過了。你看我爸一直是外派員工，到退休才回家的。」

　　然而子宸眨了幾十次眼一天仍未過去，好不容易熬滿三個月，卜明說公司不肯放人，只好又延期三個月。

　　「我不管！你把這工作辭了吧。」他在電話裏咆哮。

　　可是卜明沒有辭工。想起「蝸牛殼」那段如膠似漆的日子，

子宸更是難熬。這個甚麼都想一試的女子，不知是否遇上法國情人，這個念頭讓他幾近瘋狂。

好不容易捱到放假，他立刻飛去巴黎，打算把她拉回家。

卜明不肯放棄這份工作。奮鬥多時爬到這個位置，她要享受自己的工作成果。何況公司給她提供一個很好的單位，在公園附近，環境優美，她一輩子都沒住過這麼好的房子，回到香港更是不可能。她下班之後還要上課，既然可以學廣東話，當然可以學法語，回家都快十點了，碰巧上頭過來巡察業務，還有得她應酬。晚上睡覺之前她戴着耳機聽法語錄音，一直聽到入睡，她說，睡着了之後是潛意識在學習。

子宸無所事事。他可以做甚麼？一個人去旅行很無聊，他還盼着週末跟卜明在一起，即使上超市買菜都好。夏日炎炎，他獨自在街上遊蕩，陽光燦爛，曬得他魂魄都焦了。

「不如你也學法語吧，我給你報個暑期班。」卜明這樣說。

他都快氣死了，還學法語！這個年紀，生個兒子出來叫他去學就差不多。他再沒有這個精力，或許說，人生到了一個他不想再做這種事的階段。有個當醫生的同學跟他說，如果要他重新讀書考試，他情願去賣魚蛋粉。

快開課了，他無奈的回港，從此天各一方的生活，過着牛郎織女的日子，只能在假期見面。當然是子宸過去，學校假期多。相見的歡愉在時差和收拾行李中度過，終於他感到累了，必須在遊牧民族和安居樂業之間作一個選擇。

「你想嘗試的事情都試夠了吧？」子宸説：「我有一份好工作，房子也買了，你不可以調回來嗎？」

「我的工作也很好呀！況且，香港這邊已沒有位子，不然早就回來了！」卜明説：「如今我拿的工資是歐元，真調回來就不一樣了，也沒有津貼，不如你過來吧！」

「我是教英文的，你叫我過來做甚麼？」

「總找到個事吧？你可以先唸法文……」

「這不是我想要的生活！」子宸打斷她的話。

「那該怎樣生活？」卜明問他：「全世界的人都要上班，要交税，哪裏都一樣。在法國一星期只工作三十五小時，一年有五個星期休假，還有無數公眾假日。在香港可以嗎？」

鬥起嘴來，子宸永遠都説不過她。這樣拖拖拉拉的又過了一兩個月，最後是他讓步，因為卜明病了，開始是重感冒後來變成肺炎進了醫院。他年夜飯都沒吃就趕過來了，惶恐不安的在醫院裏陪她。卜明發高燒，成天在昏睡，纖長的身體在白被單裏蜷曲着，看來很可憐，他心就軟了，不知為何她家裏就放心她長年浪跡天涯，而他即使害牙痛都有全族人慰問。時值深冬，天陰陰的下着雪，他站在窗前，看見白皚皚的雪地上有一隻鳥在徘徊，也不知道是迷失了還是受了傷。他看着就難過，拿了一小塊麵包想去餵牠，下樓之後那鳥卻不見了。寒風刺骨，他快快的站在雪地裏，植物全被剝皮拆肉，骨森森的排列着，遠方幾點零星燈火在風雪中隱隱約約的仿似快撐持不住。

他嘆一口氣。自古以來，每個屋頂之下，不就是一個男人，和一個女人，合力把家裏的燈點亮！回到香港他就把工作辭掉了，也沒跟誰商量。

4

有一天，沙發上忽然多了一個巨大的米妮老鼠，穩佔中間位置，彷彿是這個房子的主人。偶然卜明在家，她就坐在米妮旁邊，挨着米妮，而不是他。他覺得這個東西礙手礙腳：「太佔地方了，放到旁邊吧。」卜明不同意：「放在這裏好看。」「你有多少時間在家，放在哪裏都一樣。」「就是這樣才要一眼就看到她。」執拗得像個抱住玩具的小孩。

沒奈何，子宸唯有由得她。漸漸，卜明在家也講普通話，初時一句半句，他不以為意，後來越講越多，他覺得氣氛怪怪的，好像她是另外一個人。他抗議了幾次，她笑笑的改了口，後來就不理會，還說：「又不是在香港，為甚麼要講廣東話。」

「我可是廣東人哩！」

「但我不是呀！況且這裏也沒多少人說廣東話，你應該趁機練習普通話才對。」

他為之氣結。他不是不會，只是不喜歡，覺得沒有親切感。整個大環境的改變已經夠厲害，回到家中這個小環境，他希望尋回一些熟悉的感覺，至少，自自在在的做回他自己。

「你以為你自己應該怎樣？」卜明問他：「你所謂的『自己』，

不過被你存在的時空塑造出來。在中國出生，你就講中文，吃饅頭吃米飯；在法國出生，你就講法文吃麵包，你看這裏長大的孩子就明白了。為甚麼老是要給自己設限，一成不變呢？其實有甚麼不可以？」

「你真是不明，不跟你說了！」被她教訓一頓，他更昏頭昏腦的不知身在何方，悶聲不響的打開電腦玩遊戲，只能在遊戲中尋找一點幸福。他故意叫卜明作不明，不明前不明後的，卜明越來越不理睬他。沒有辦法，他已經被他曾經存在的時空塑造出來了，要變也變不到哪裏去。而且他為甚麼要變？變作誰？誰又能給與他一個完美的模式？

但卜明可以變。不懂的，她想方設法學懂，廣東話英語法語都一樣。不夠好的，改到好，單眼皮可改成雙眼皮。缺那張文憑考那張，反正就是讀書考試。一個女人應該擁有的東西，從丈夫到路易‧威登皮包她都有。每一個時期的照片她是不同的人，梳辮子的、穿白襯衣的、長頭髮短頭髮、藍布褲西褲牛仔褲三個骨褲、背景從西湖邊到外灘到尖東到鐵塔。她的空間強烈地變換，她迅速調整自己處身其中，每一張照片都是代表作。而他的照片，要不就是人在圖畫中的旅行紀錄，要不就是跟朋友家人尋歡作樂的頭頭臉臉，個人照全是證件照片，只是眼鏡框和襯衣換了顏色。

不停變化的卜明，最後成了一道關門的聲音──她上班去了；而開門的聲音他通常聽不到，他睡着了。無人的家，寂寞

地響着的電視節目使寬大的客廳更形空洞。他靠在沙發上，盯着天花板的吊燈發呆，等待自己被這些陌生的語言陌生的環境去「塑造」。有時他半睡半醒，迷糊中，以為卜明回來了，看真了原來是那個米妮。

「要不你給我在公司找個事吧，管倉庫也行。」他跟卜明説。

「我公司沒有倉庫，」卜明沒好氣的説：「管倉庫也要唸個課程的，你唸了嗎？你不講法語如何跟人溝通？即使公司要人，也只會聘用法國人。」

「你公司也有不少中國人，你不就是嗎？」

「公司的中國人都是從香港和中國派過來的，其實是總公司的一個部門，為總公司工作，你得回香港去申請。」

子宸不吭聲了。

卜明提議他先唸法文，然後看大學裏有甚麼可以修讀，考到文憑之後再看。

那不是要他回到中學生時代嗎？

法文不是那麼難學，但要應付自如，亦得磨練相當時日，他已經沒有這個耐性。之所以沒有耐性，是因為沒有心情；為甚麼沒有心情？他也説不上來。

終於，卜明找到一份非常適合他的工作，那是卜明説的，還鼓勵他：「好好幹吧。」

不用見工，一來就上班，他連做甚麼都不大清楚。

一個很小的事務所，只有幾個同事。主管陳太，應該就

是老闆，微胖，穿着藍色套裝，四五十歲左右，看來很幹練，滿臉笑容地從小房間裏出來迎接他，客氣地介紹經理老張，會計王太，兩三個文員是法文名字他記不住。所有人抬頭向他一笑，説一聲「你好」，立刻低下頭忙自己的事。

卜明説，別看陳太不起眼，很厲害的。上世紀八十年代跟家人投奔怒海的越南華僑，童年時期住過不同的難民營，後來在法國成長受教育，也懂英文和西班牙文，此外棉越寮潮州福建廣東話普通話都會，跟整個歐洲的華商都有聯繫。末了還加一句：「很多華人都把子女送去她那裏當實習生，你也去見識見識吧，我最佩服她。」

子宸的位子就在老張旁邊。陳太安慰他：「不用太緊張，先熟悉一下環境，有甚麼不明白的就問老張。」老張是經理，叫他老張似乎不大好，但所有人都這樣叫，他又不想另創一格。老張的桌面堆滿文件，很忙，喊接待處的女孩過來：「你帶新同事參觀一下辦公室。」女孩很年輕，只到他胸口，像個小孩子，乖巧地應了一聲，帶他去看複印機、打印機、放文件的地方……子宸覺得怪怪的，怎麼跟個小孩學習？他一向對機器都不大留心，望着那些以法文標示的按鈕，更是一知半解。

沒多久陳太出現，經過他的位子，特別停下來説一句：「慢慢來，不用急。」然後就出去了。陳太離開之後，整個辦公室立刻換了一種氣氛。老張放下手裏的事，轉身問子宸：「你是她親戚嗎？怎麼只跟你笑？對我們就老虎乸似的。」幾個女人拿東西

出來吃，用一種他不懂的語言在聊天。

　　子宸不知該怎麼說，嘆一聲：「來跟你學習的。」

　　「你是實習生？不會吧？」

　　老張對這唯一的「男同事」很關照，事無大小都解說一番。他指着接待處的女孩子說，那是實習生，所有要寄出的文件都交給她，餓了也可叫她出去買三明治，附近就有一家越南店做得頗不錯。跟着又問子宸要不要喝茶，他有很好的普洱。

　　不到兩星期又換了另一個實習生，老張說之前那個陳太不滿意。七八月份是放大假的黃金季節，特別是有小孩的家庭，都爭取這段時間休假。這期間陳太對實習生的要求比較嚴格，這樣她才放心遠行。子宸是新丁，輪不到他享用這福利，說不定有人放假才要他來的。辦公室裏只有老張能接手陳太的工作，也不能放。老張無所謂，由得他老婆帶兩個小孩回廣州。不放假就補工資，這是規矩，他多賺一筆，而且陳太不在辦公室那就是他的天下，感覺太好了。老張指定要女實習生。理由是：太忙沒時間出去吃午飯，女孩子可幫忙燒水弄個泡麵甚麼的。陳太教訓了他一頓：「你這是大男人主義，男實習生就不可以燒水弄泡麵嗎？」

　　結果都收了女實習生。陳太的看法是：「男的沒一個順眼。」老張跟子宸搖頭嘆氣：「你看！這個女人分明心理不平衡。幸虧我是靠真才實力的，不然早就給她趕走了！」原本唸法語專業的老張到了巴黎改唸法律，要不是外形吃虧，加上年紀大了只求

安穩，他是有能力開一家自己的事務所的。子宸聽了笑笑，沒
作聲。他沒有真才實力，之所以在此工作完全是因為卜明。陳
太的事務所一直想跟卜明的公司攀上關係，故意安插了這個中
英法文件翻譯的位置給他。事實上簡單的文件誰都能譯，真出
了大事牽涉到國際法的生意並不多，大部分時間他都是當陳太
和老張的秘書。來了實習生更糟糕，不少差事都可分給她們。
這些孩子全都聰明伶俐，老張說甚麼一次就記得住，無論甚麼
地方打來的電話都能應付，電腦出故障她們弄弄就好了。

　　老張管着他的幾個「兵」，不亦樂乎。這個「臨時主管」的位
置讓他相當滿足，竟然叫他們先下班。

　　「有這麼忙嗎？」子宸笑着說。

　　「你不知道陳太有多壞，」老張無可奈何的說：「把最麻煩的
事情留給我做。幾個收了離境通知書的案子全約在四點之後，
我怎麼趕得了？」

　　陳太放假，老張反而更來勁，世界盃結束之後他們再沒有
一起喝啤酒。

　　子宸懶得裝樣子，沒事做就玩手機、在辦公室踱來踱去、
喝咖啡、等下班。悠長的夏日，晚上十點太陽仍未下山。美好
的時光，卻不知如何排遣。朋友，沒一個，想喝一杯自己去。
逛街吧，店舖七點就關門，八月份好多店還休假。回家也是無
聊，一點都不用急。他有點羨慕地盯住那個實習生，她好忙，
快手快腳地收拾位子裏的東西，零碎物件攤開滿桌：餅乾配地

鐵卡、太陽眼鏡搭鎖匙扣、橡皮筋纏上了梳子⋯⋯他奇怪這些不相干的組合竟可以全塞在一個小小的包裹，像魔術師的百寶箱，再打開，飛出來的是鴿子白兔。

下班後肯定有約會，精彩的夜正等着她，準五點鐘，立刻拿起手機，開心地跟他們説再見。

他被實習生輕快的腳步吸引，跟老張説一聲：「拜拜！」也隨她一起走向燦爛的黃昏。忽然，有些甚麼很熟悉的東西在動，子宸覺得刺眼，定睛一看，實習生手機上吊着的，不正是迪士尼的米妮老鼠嗎？

嬌俏的米妮，與實習生同步，在晃來晃去。她頭上戴着白點紅底的蝴蝶結，配同色短裙，咧開嘴，睜大了眼睛睨住他⋯⋯

這個米妮，他想，是不是有魔法的？

海市蜃樓

海市蜃樓

「有個人跟我說，人的一生裏總有機會遇上海市蜃樓，他就見過兩次，一次在青島一次在法國南部的馬賽附近。」

阿森説這話的時候，坐在沙灘上，臉向着海，盯住寬大的海面，好像跟海在對話，好像問海甚麼時候展示海市蜃樓。

碧琪忍住笑，可是嘴巴不合作，閉不住，終於哈哈的笑出來。她彎下腰，掩飾停不住的笑聲。

「笑甚麼？」阿森抓起一把沙扔過去。

她説，她想起小時候，她哄她妹妹，説這個世界上是有聖誕老人的。每年十二月將盡，聖誕老人帶着禮物從北極出發，在每個房頂的煙囪爬下來，把禮物送給小孩子。妹妹信以為真，把最大的襪子掛在床頭。為了不讓她失望，碧琪把一隻髮夾放進去。第二天妹妹開心的大叫：「我收到禮物啦！」還跑到隔壁問別的孩子得到甚麼，害她笑得肚子痛。她覺得好笑的不是聖誕老人這個故事，而是相信這個故事的人。

「海市蜃樓和聖誕老人是有分別的，」阿森爭辯：「海市蜃樓是存在的，但甚少人見到；而聖誕老人只是一個傳説，商場裏

那些走來走去的聖誕老人都是假的。」碧琪反駁，她記得老師解釋過海市蜃樓是個佛教故事，意思是虛幻；也有個遊戲叫「海市蜃樓之館」，音樂很動聽。

「我就是要看真的海市蜃樓，不管甚麼故事和遊戲。」

「你想看就看得到嗎？也不用為哄我來海邊解釋。」這種孩子氣的語調讓碧琪啼笑皆非：「你甚麼時候看到，記得拍個照片傳給我分享。」

阿森小她兩歲，她第一次跟比自己年輕的男生來往，覺得他特別古靈精怪，甚至有點幼稚。換作以前，她不會理睬他，但隨着時日遞增，她看得上眼的成熟男子大都結了婚，或有固定的女朋友，漸漸閒在家中，實在無聊。妹妹批評她太保守：「差一兩歲算甚麼問題？如今又不是叫你嫁給他，出去吃個飯都要考慮那麼多？你看很多漂亮的女明星都比自己的丈夫大十歲八歲，人家也過得不錯呀！那個最近當選的法國總統，比妻子年輕二十幾歲，兩個人還眉來眼去的，不知多好！」

那就體驗一下吧。他們在中環的 Starbucks 喝咖啡，天氣不是太理想，多雲，似乎會下雨，這種情況比較適合逛商場、約人吃飯之類。香港有一個優點，只要隨便走進一個地鐵站，就接連了無數的商場，可以消磨一整天，完全避開外面的風風雨雨。商場裏冬暖夏涼，播着輕音樂，大家興致勃勃的買東西、排隊飲茶吃飯，無所謂晴天陰天。阿森不同意：「這種地方天天經過，有甚麼好玩，我們去海邊走走吧。」她以為去淺水灣

或赤柱。但阿森說:「不!要找個沒有甚麼人的海邊。」她不以為然:「還有甚麼地方是沒有人的?躲進電影院裏人還少一點⋯⋯」

結果上了東涌線去大嶼山。他說:「吹吹海風,又有海鮮吃,不好嗎?」

他天生頭髮微鬈,風沒吹都有點亂,反正怎麼梳都梳不好,就隨便左撥右撥,有點像韓劇裏的男生。那天她去所謂的「生日會」吃自助餐,幾個老同學早坐在那裏埋頭猛吃。見她來,有人指着一個空位說:「碧琪,特別給你留個好位,在帥哥對面。」他穿着一件扣到上脖頸的灰格子襯衫,看來也是剛到沒多久,正跟左右的人聊着,瞅到碧琪馬上轉頭跟她搭訕:「Hi!很少見你呀!」言下之意他顯然相當活躍。碧琪沒有解釋自己其實是老臣子,只是好久沒出現了。這群人對食物有無限的熱情,口中的東西還未吞下,已經計劃着下一頓吃甚麼,天天都在群組發放美食圖片,整個世界都是五顏六色油光水亮的食物,非常的逗人胃口。吃東西的時候他們是這樣的快樂,食以忘憂,嘴巴沒空講話,即使講話也帶着各種食物的昇華,不會是沉重的。這樣的美好時光他們可以重複又重複,永不生厭,每個月總有好幾次聚餐,碰上飯店提供特價優惠隨時有召集。只是有次吃完川菜碧琪胃痛,之後失蹤了好一段日子,不知阿森是甚麼時候加入的。

阿森說他是跟一個朋友來的,朋友參加聚會順便把他帶

上。他覺得這個群組實在太好了，有人給他介紹哪一家餐廳的菜好吃又給他訂位，馬上請求加入。

碧琪沒有問他的朋友是誰。這種人來人往的聚會，除了幾個核心人物，不少人只認得樣子，名字很快就忘了。隨後幾次活動，不知無心還是有意，兩個人都坐到一起，似乎蠻談得來。碧琪說她其實更偏愛小吃，群組每次都大魚大肉的，腸胃有點受不了，下次或許不參加。阿森說這還不容易，明天立刻帶她去。碧琪以為他講笑，沒想到第二天真的約她。

碧琪不知道，阿森住所的窗前橫着一條高速行車的天橋，窗子永不打開，所謂廚房只是一個小角落，只能煮點速食麵之類的吃食。因為不開窗，屋裏很難散掉食物的味道，阿森說，他連速食麵都懶得煮，全在外頭用餐。早上經過茶餐廳吃菠蘿油喝奶茶，下班在街上隨意逛，看見魚蛋粉吃魚蛋粉，看見牛腩麵吃牛腩麵，不然找個美食廣場吃壽司吃豬扒包，經過廟街再來個炒蜆，天氣冷吃煲仔飯，仍未滿足可以補點糖水。何必為做飯煩惱，他說，到處都是吃的，山旮旯的士多亦提供餐蛋麵。

有這麼多選擇嗎？碧琪真沒想過。她的生活一板一眼，下班回家吃飯，從小到大她母親煮來煮去就那幾個菜式，他們年紀大了口味更偏向清淡，少鹽少糖少油，就像寺廟裏的齋菜。她吃厭了，其實不是厭，太寡淡的食物跟太寡淡的日子一樣導致人們精神委靡，很自然，她的嘴巴久不久就渴望接觸一些鹹

的甜的酸的辣的甚麼。群組裏的介紹有時也不一定對她的胃口，但受不住誘惑，也想湊熱鬧，就報名了。那次麻辣火鍋的照片實在太動人，天氣又冷，應該很刺激，她忍不住一試，結果胃痛了幾個月。

可從不會像阿森這樣，從早到晚吃不同的東西，百味紛陳，真教她眼花繚亂。幸好阿森時常要加班，廣告人，作息沒個準，假期也不多，偶然瘋狂一次她也應付得來。

到了東涌，他們隨便上了一輛巴士，中途下了車。

碧琪沒想過會來海灘，出門的時候穿了幼跟涼鞋。那沙灘軟綿綿，麵粉一樣，不好走，她乾脆把鞋脫掉，可是不習慣，走一陣子就覺得小腿痠軟，挨着一棵樹說：「不行了，我要休息一下。」

她不想走，於是他們在沙灘上坐下來。一隻龐然大物慢條斯理地橫過，毫不在乎這兩個人。海面有點灰濛濛，因為天是灰濛濛的。陽光像一盞火力不足的燈在雲層後亮着，水牛的身影慢慢的前移，把海和天剪開，又縫合，一直走到她的眼角才離開了視線。

碧琪忽然說：「我明白了，為了海市蜃樓所以你喜歡去海邊，是嗎？」

阿森正舉起手機拍照片，沒回應她。

碧琪朝他拍照的方向望去，只見空茫一片，甚麼也沒有，不曉得他在拍甚麼。

　　她低頭掃走臂膀上的沙粒，有點無聊地説：「去吃飯吧，我們找家好吃的，等會兒再來看海市蜃樓⋯⋯」

　　這樣説實在太可笑，她又笑了。

生日會

　　「生日會」其實是 WhatsApp 的一個群組。他們都不是小孩子了，還開生日會，這不過是一起吃喝的藉口，改稱「大食會」應更貼切。最初是蘭絲發起的，他們的中學時代仍未流行臉書，後來蘭絲通過臉書聯繫上部分同學，因為每個月都有人生日，就借慶祝生日讓大家相聚。後來有 WhatsApp，建立了一個群組，亦以此命名。有些人從不出現，大都是移了民或結了婚的；但也有人帶男朋友或女朋友來，有些分了手仍各自來。隨着時日不停有成員加入或消失，最後都不知誰跟誰是同學，誰跟誰是朋友了，也沒人在乎這個。一群有固定職業、沒成家、想當宅男宅女都沒有空間（仍跟父母同住、與兄弟姐妹共處一室或其他原因），又不想一個人吃飯喝酒，於是湊在一起飲飲食食。群組裏最常出現的是食物圖片和餐廳的評語，每個人熱情地介紹各種見聞，表達自己的意見，胃口好得不得了。不時有人提出去這裏或那裏吃飯（不會有人問是誰的生日，也不必準備生日禮物）。誰想參加就報上名來，自然有人負責訂位、公佈進餐的時間和地點。誰想失蹤就失蹤，不會有人去打聽誰誰誰為何不露面。活躍分子一向有十個八個，偶然湊不夠數訂一圍菜的，

發起人在群組呼籲一下，就有碧琪這類不喜歡太熱鬧又不喜歡太寂寞的人相應。反而蘭絲好久不見動靜。

碧琪知道她媽媽病了，得了癌症，吃甚麼吐甚麼。有一次逛沙田新城市廣場，碰到蘭絲正到處找藥房給她媽買藥。

「哎！蘭絲你瘦了好多！」碧琪吃了一驚：「你沒事吧？」

蘭絲長長的嘆息，說她媽生病動手術用了不少錢，她儲起來準備買房子的那點積蓄都用進去了，然後氣憤的說：「如今的藥房怎麼搞的？全賣化妝品，想找個胃藥都沒有，也好意思稱自己作藥房的！」

蘭絲一直想買房子，她身兼多職，努力賺錢也捨得花，是個又能幹又能玩的人物。蘭絲有個男朋友，偶然也出席生日會的，有段時間她很積極的看房子，可能想結婚。03年沙士之後香港樓價曾經跌到谷底，當時她已說機不可失，但出道不久，手頭上沒多少積蓄，房價漸升時又有傳聞是假象，觀望之間她媽媽一病，再努力都追不上飛升的樓價。買房子成了泡影，媽媽吞咽困難，蘭絲自己亦胃口全無，整個人憔悴不堪，皺紋都冒出來了。

碧琪知道，甚麼安慰都無用，何必虛情假意的叫她多點出席生日會。臨走說一句：「保重！大家都想念你。」

「唉！你們得快活時且快活吧。」蘭絲苦笑。

碧琪不敢問她跟男朋友怎樣，佯裝輕鬆的揮揮手，隨便走進一家皮包店。售貨員圍着幾個內地客，沒人理她，她在玻璃

櫥窗後看着蘭絲急匆匆的越走越遠。她一直覺得蘭絲很強大，此時見她孤單地消失在商場五顏六色的人海中，有如一片落葉，心裏不禁黯然。

好幾個朋友，熱戀的階段沒結成婚，都是因為房子的問題，拖着拖着就散掉，希望蘭絲不是這結局。

碧琪沒有蘭絲的幹勁，為了買房子轉了幾次工、兼職、搞傳銷，各種各樣的打拼，生日會裏邊吃邊推介自己代理的產品。不知是運氣好，還是不好，她從沒交上一個讓自己熱火朝天地籌劃未來的男朋友。與父母住在一起，跟妹妹一個房間，安安穩穩的成長，畢業之後找到第一份工作就幹到今天。妹妹去了外面進修，整個房間就是她的，雖然妹妹每次回來都問：「你甚麼時候結婚？你結婚搬出去我們就不用擠在一起了。」碧琪嘻嘻笑：「還是你先結吧。」

母親常説：有多大的頭就戴多大的帽。從小教碧琪量力而為，因此她沒有甚麼非分之想，順天應命，安安分分的上班下班。如果有男朋友，就跟男朋友約會；如果沒有，就約女朋友，或自己找樂子。她的頭因應着帽子的大小生長，如果她還有夢，那小小的夢就在頭和帽子之間的空隙遊蕩。

妹妹跟她完全不一樣，總想改變命運，滿世界亂跑。妹妹已經去了兩次澳洲遊學，回來沒多久又出去。她見識多了，更是滿腹牢騷，甚麼都不順眼，沒一份工做得長。看情況，她準備跑到人家不讓她去為止。希望到時她已找到理想的工作，

或理想的對象，不必再藏身於這個塞滿衣衫鞋襪的小房間。幾百呎的兩房一廳，窗前掛滿未乾的衣服。她上班，天天都要換洗，再加上妹妹的更了不得。叫母親拿去洗衣店，她一會兒說衣服太重一會兒又說洗衣費太貴，末了仍是在家裏洗，連客廳的窗也掛滿了。陽光本來就沒多少，再加一重衣服，家裏白天黑夜都亮着燈。妹妹説，簡直生活在一隻凌亂的櫃子裏一樣。碧琪有點不高興：「甚麼意思？這櫃子你也有份的。」

碧琪也沒想過搬出去。像樣的單位租不起，住個劏房，別說洗衣服，放都沒地方放，不見得比住在父母家更好。多一筆開銷，她還吃甚麼穿甚麼？別說去歐洲旅遊，連星馬泰都不用想。算了吧，別自尋煩惱。很久以前她讀過一本翻譯小説《生命中不能承受之輕》，那時沒看明白，現在也不明白，「輕」有甚麼不好，難道要「重」嗎？不過她早就不讀小説了。她工作的學校有圖書館，文職人員也可借來看，但她從不去借。YouTube裏的上載內容有如天羅地網，還有電影和劇集，看極都看不完，哪還有時間看書，地鐵車廂裏人人低頭只顧玩手機，從沒碰上一個看書的。

無事可做的週末，本想到商場一探今季的服裝流行式樣，然而蘭絲的背影讓她失了興致，加上幾個吵吵嚷嚷的顧客，她忽然甚麼都不想看了。商場裏全是人，左邊似乎走不通，右邊也堵着，於是她往前走，雖然前面亦是人頭湧湧，但見步行步的空間還是有的。

人間燈火

碧琪有好一陣子沒見阿森，中秋節那天忽然約她去看花燈。這個人顯然不喜歡家庭生活，寧願去維園看花燈也不回家。但如果不是他，碧琪也沒想到看花燈，至少一個人是不會去的。到底是過節，妹妹不在香港，總得陪父母吃飯。母親說：「這麼急幹嗎？好多菜，慢慢食。」碧琪有點過意不去，想叫他們一起去看花燈，又不知如何介紹阿森，他算哪類朋友呢？

有個時期她很喜歡看日劇，下班之後去讀日文，在班上認識一個男子。兩個人很談得來，都欣賞日本文化，時常一起看日本電影、吃日本菜、研究旅遊資料。碰巧她生日，一家人吃日本餐，把他也叫上了，之後母親時常邀請他到家裏吃飯，弄得很尷尬。原來有些事情必須在特定的條件之下才會發生的，換個環境就變質了，他們不經意地培養起來那丁點日式情懷，漸漸在豉汁排骨和清補涼之間蒸氣那樣煙消雲散。後來他去了日本，全家人都問她為甚麼不跟着去，好像他們一定會彼此相隨過完這一輩子似的，真不知如何解釋。那時她仍年輕，如今父母只有更着緊，還是不要開這種玩笑了。

在「生日會」認識阿森，本來就是個吃喝玩樂的伴。父母知道，肯定說她不認真，為甚麼跟這樣的人來往？就像問她為甚麼不找一份工資高又有前途的工作。父母的年代，勤力就能解決一切問題，怎理解今天的他們像籠裏跑圈子的寵物鼠，走

得再快都是徒勞。一眨眼過了三十，好快就四十了，一輩子就
這樣過去，不至於尋開心都不行吧？但這也不容易，有些人好
悶，出去一兩次就不想再跟他們約會，更別提甚麼吃喝玩樂了。

阿森甚少透露他的家庭背景，就一次，他們在金馬倫道
上走着，突然下大雨，嘩啦啦的雨打在馬路上子彈似的，行人
都住了腳步，堵在店門前。進退兩難間，他們躲進一個樓道中
避雨。樓道兩旁是店舖，簷沿下早已站了不少人，還不停的有
人進出，有些拖着旅行箱。他們左閃右避，阿森乾脆走到裏面
去，片刻又跑回來説：「這裏有家時鐘酒店，要不要上去休息一
下？」

她一怔，不知他是甚麼意思。往裏面探看，果然郵箱上橫
着一家酒店的招牌，不是很高檔的那種。雨夜與一個男子上時
鐘酒店？她不覺得跟阿森已發展到這個地步。此時此刻，此情
此景，也沒醞釀出甚麼浪漫的氣氛、感覺，難道真是上去避雨
嗎？見她臉上陰晴不定，阿森猜到她的心意，有點頑皮的説：
「不是你想像中那樣的。」

「你常來的嗎？」碧琪狐疑的瞪着他。

「你應該問，有誰沒去過時鐘酒店。」阿森嘿嘿笑：「有些人
甚至是結了婚的。」

碧琪也聽聞，但她認識的人裏沒人試過，或許試過不告訴
她。

阿森説，酒店也可日租，價錢不一樣，他還未找到劏房之

前間中住過。他父母在鬧離婚，成天吵架，他沒法睡覺。

「那你還搬出來？你應該留在家裏勸勸他們。」

「我要返工的！」阿森無奈的苦笑：「我在家，我媽已經放輕了聲音講話，其實忍得很辛苦。兩個人相差二十幾歲，甚麼都不順，怎勸？我幫誰？他們連吵架的空間都沒有，我搬走，他們就可以痛痛快快的吵，或許吵夠了，弄明白了，之後就不離了。」

真是怪論。碧琪不知說甚麼，這雨看來還要下好久，她不想回到時鐘酒店這個話題，就低頭看手機：「這附近有甚麼好吃的？不如找個地方坐下來吧。」阿森也拿出手機，於是一幀幀印度咖哩韓國燒烤意大利披薩餅的照片亮麗登場。自此之後，阿森再沒提過他家裏的事，她也沒追問他父母是否真的離了。

碧琪趕着出門，月餅也沒吃，不是心急要見阿森，而是看花燈這個主意相當吸引她，一路幻想着種種良辰美景，而且答應了約會，就不要遲到。

阿森在中央圖書館前等她，坐在石階上弄照相機。

「為甚麼帶這一大袋東西？」碧琪奇怪的問。

「拍夜景呀！」

「用手機不就行了。」

「手機不夠專業。」他說要幫一個朋友拍些照片。

還以為他特別約自己看花燈，原來順便賺外快。那袋子看來挺沉的，阿森一會兒把它掛在左肩，一會兒掛在右肩；她配

合着，一時走在他的左邊，一時走在他的右邊。

張燈結綵的維園，遠望華麗得無以名狀。阿森脖子上吊一個照相機，手上拿着手機，一路上沒停過拍照。他想鏡頭下有個人物，要把碧琪拍進去，她不願意：「你不早説？我都沒認真打扮。」只讓他拍了幾張背影。阿森沒勉強她，到處搜尋目標。她跟着他邊走邊看，那本來寂寞的夜空，亮着滿天的花燈，她也彷彿變成一朵小小的火焰，燒得嗶啪作響。很多遊人，拖兒帶女的小家庭、肩並肩的情侶、手拉手的老人家，瀰漫着歡樂的氣氛。她見一組蓮花燈，一朵朵並排，層疊層的花瓣深處亮着水霧似的光，溫柔而燦爛的粉紅，在夜色裏美麗不可方物。站在蓮花燈下看過去，各種各樣的光與色，高高低低，或遠或近，規則或不規則的，連上銅鑼灣一帶的萬家燈火，真教人目眩神迷，以為在煙花裏穿行。她想起「花市燈如晝」這句詩，都不足以形容這盛況。

不曉得過了多久，轉身一看，阿森呢？原來旁邊那個人不是他。他去了哪裏？顧着抬頭賞燈，碧琪的視線從五光十色的上空落回地面，一時調整不過來，只見人影幢幢紛亂一片，怎看得清誰是誰？

越夜，人越多，望過去黑壓壓一片，不知朝哪個方向走才對。她有點氣，怎麼走開也不説一聲？其實打個電話就找到他，但想想，又打消了念頭。

算了，他本來就不是一心一意的約她看燈。

　　碧琪喜歡跟男朋友拖手。手是很敏感的，十指連心，緊扣的手其實比肌膚相親傳達更多信息。但跟阿森沒法拖上手，好幾次，她不知不覺的拖住他，很快，他就找錢包找手機的鬆開了，過後就換了姿勢，要不他摟着她的肩，或她挽着他的臂彎。如果她不挽住他，他又只顧着看手機，兩個人就各走各的。這個感覺她一直都覺得不好，雖然妹妹說，出去吃個飯用不着考慮那麼多，但也不是沒有期盼的，既然相約，總該彼此分享，至少顧看一下是否同行吧？還以為，人月兩圓之夜一起看花燈多麼詩情畫意，沒料到竟然散失，真是可笑。不過追逐海市蜃樓的人，怎想到回望？說不定他就是海市蜃樓，也沒有必要去找他了，甚至沒有必要再見，乾脆自己走自己的，看自己想看的，然後回家。

　　她忽然想起月亮裏的嫦娥，這時，她也欣賞着這人間的燈火？嫦娥一個人住那麼大的月球，感到孤獨；可是，擠在這閃爍如鑽的小島上，也同樣是孤獨的。

茶餐廳

茶餐廳

屯門

　　V City 一樓，人頭湧湧。幸虧那家茶餐廳她已去過幾次，雖然有點頭暈眼花，那綠色的招牌像人海裏的燈塔，老遠就向她標明了方向。三五成群的人流潮水似的，一重又一重，向四面八方移動，邊走邊高聲聊天，也不看路，她不繞過去就會撞到他們身上。有些人拖着行李箱，車轔轔馬蕭蕭地向她衝來，她唯有讓開。間中有誰流星般的竄出，速度跟空氣快要擦出火花。後浪推前浪，她腳步稍慢，就有人拋下一聲："sorry"或「唔該借借」；甚至不耐煩地從鼻裏噴出引擎般的氣息，在她身邊擦過。她一直覺得，新界北區跟港島區不一樣，特別是沒有遊客的港島東區，人車都慢半拍，路上全是街坊鄰里、婆婆媽媽。從屯門轉一圈回來，也不用上到路面，地鐵裏的氣氛已不一樣，彷彿走進另一個時代。

　　無緣無故，她也不去屯門，可是久不久總要跑一趟。她不熟悉這個地方，雖不至於難到她，但走在路上就是迷惘。在港島區生活慣了，不管街區如何拆卸重建，總有一條永恆不變的

電車軌道。而屯門，每隔一段時間就不同了樣子，她總迷路，
莫名其妙的有點失落，覺得這個地方不屬於自己。每次約在不
同的茶餐廳，她喝着咖啡奶茶，怪怪的，都不是滋味。那為甚
麼要來？不理他吧，她又做不到，心裏很矛盾。手機導航系
統跟她一樣混亂，問路，竟然有人用普通話回她：「你想買甚
麼？」旅遊大巴送來一車一車的旅客，商場裏擠滿艷裝靚服的採
購者，用餐時間，幾乎所有餐廳門口都有人等位。一個本來很
樸素的地區，她讀書時期的郊遊地點，忽然超級繁華，名店林
立，人聲鼎沸，燈火直上雲霄。經過一道又一道的電動樓梯，
上上落落，她都不知自己去了甚麼地方；也不明白，不過一通
電話，為何她就心軟？他一次又一次的蠢事，只有她聽得進
去。如果母親知道，一定說：「究竟你有沒有長腦袋？」

有的，她頭昏腦沉。

「其實你坐西鐵都好快啫，如果你忙，走不開，我可以過來
——」

的確很方便。不停發展的城市，交通網絡像人體身上的血
管，紅的藍的隨着時日浮現，遍佈東南西北。她工作的地點在
中環，從香港站到屯門，加上轉車，全程不過四十分鐘左右，
不想轉車可選擇快線巴士。

他過來中環也一樣。試過一次，約好在大會堂低座的餐
廳，不知他選擇甚麼交通工具，沒算準時間，早到了，坐在那
裏渾身不自在。問他是否等了很久，他聲線本來就不高，這時

壓得更低，像個賊，答非所問的説：「無所謂啦，這地方以前我
常來的，那時工廠每次舉辦遊船河，都在皇后碼頭上船。」不知
為何，她有點不耐煩，心想，繞甚麼圈子？我還不清楚你嗎？
一句就頂過去：「那是以前，如今碼頭都拆了。」話説出口，驚
動旁邊一個埋頭看手機的客人，抬起臉望他們一眼。平常她講
話也不是這樣，但對着他，就是忍不住，像塞了太多雜物的抽
屜一拉開就有東西彈出來。餐廳很靜，她也覺得突兀，就改了
語氣聊些近況。他臉青唇白，支吾其詞，眼神左顧右盼，彷彿
有盞大光燈打在臉上逼供似的。沒多久他説餐廳的空調太冷吹
得頭痛，她也不多問，把錢拿出來叫他去看醫生，兩個人就各
自走了。

　　每次見他，就想起母親咬牙切齒，圓睜了雙眼的模樣。

　　「都叫你唔好理佢啦！佢要死，由得佢死喺街。」

　　自己奔波了這些年，結果是一灘渾水，越想就越沒勁。説
不準他沒死，她已經累死了。為甚麼要選擇屯門？固然是因為
他住在屯門，在鬧哄哄的屯門，他們講甚麼，甚至爭執起來，
都無所謂，再荒謬的事情在這裏都可能發生。換作別處，一切
就變得不可思議：她説的，他受不了；他説的，她也受不了。
在屯門的茶餐廳，盯着他一次比一次光禿的頭頂，瘦薄的兩片
嘴唇開開合合，批評着人家的好立克不夠香滑、多士的醬料不
足、炒飯太乾，該怎樣怎樣怎樣……她眼前的咖啡奶茶，既
熟悉又陌生，攪動着飲品，覺得杯中物好沉好膩，厚重得像泥

漿，都不明白自己為甚麼要喝這種發苦的東西。

茶餐廳

　　靠着卡座，她就想起，那些下課之後等姐姐來接的日子。

　　她太小，誰都不放心她獨自離家返家。起床時父母已出去，姐姐上學順道帶她回校。她學校就在父親工作的茶餐廳附近，同一條街，電車路，永不會走失，或許這就是她在這家學校讀書的原因。小學只唸半天，上午班，下課去茶餐廳找他。餐廳左右各有四個卡座，中間幾張圓桌，頂上垂下兩把白菊花似的吊扇，開動的時候嗡嗡響。中午比較忙，她乖巧地鑽到卡座盡頭放空瓶子的地方，那裏早整理好一個小小的空間，有張小凳，她藏身其中，在鋪了木板的塑膠框上做作業。有個叫阿強的小夥計，表演雜技似的，也好像特別表演給她看，兩手扣着好幾個瓶子，一輪咚咚響，膠框裏的空格就被逐一填滿。廚房裏有人大叫：「你打保齡球呀！擲爛瓶子要扣錢的！」那不是她的父親，父親正在水吧裏忙着，調着咖啡奶茶，一股溫暖的甜香傳來，她以為自己藏身在一個巨大的紙包蛋糕中。父親得空給她送來特厚的火腿蛋三明治，或看廚裏有甚麼粥粉麵飯，都是家裏嘗不到的美味，甚至這之後都嘗不到。她喜歡甜食，汽水不能隨便喝，但可享用極濃稠的好立克或阿華田，那些賣相不好的蛋撻西餅都歸她，以致回家之後她甚麼都不想吃。跟茶餐廳相比，母親的廚藝實在太差勁。她在工廠忙了一天，下

班後還有無盡的家務等着她，根本沒有心情做飯。母親隨便翻出冰箱裏的剩菜，不夠就加一罐沙丁魚、煎兩個蛋，長年如此。有時她要加班，無人做飯，姐妹倆就吃泡麵；沒有泡麵，翻到甚麼就吃甚麼。到小學快畢業，她突然長高了不少，跟唸中學的姐姐差不多高了，後來更比她高出半個頭，身段豐滿，肩寬腿長，整個成長期的營養似乎都是從茶餐廳得來的。

上學的日子比放假在家精彩。午後，茶餐廳安靜下來，有個熟客，黃伯，每天都出現，又一定要坐最後那個卡位，就是她前面那一卡。他來了，總先看看她：「哈哈！靚妹，好悶呀！」「以為你做功課，原來在畫公仔！」然後要一杯齋啡。很多時，他還未開口，齋啡已送上。他攤開報紙，坐下來沒看幾頁，開始跟別的客人聊天。沒有人，就跟在水吧裏洗洗弄弄的父親聊。一杯齋啡喝完，黃伯又要一杯。有時黃伯的注意力落在她身上：「傻女，過來做功課啦，後面不夠光，你遲早變四眼妹。」初時她不敢，後來混熟了就坐到黃伯對面，在桌面攤開本子寫寫畫畫。黃伯還說：「你下課就坐在這裏給我霸位。」偶然會給她帶些圖畫書、兒童故事書，他說是客人留在車上的，扔了可惜，就送她。有天他帶了一副波子棋來，教她下棋，兩個人玩得很開心。後來又帶積木，讓她自己砌，有時一起砌。到四點左右，黃伯來個下午茶餐，慢慢吃，然後上班。他是夜更的士司機。

姐姐下課趕來，急匆匆的催她走。她想多玩一會兒，姐姐

就板起臉:「我還有很多功課要做。」

　　黃伯説:「大家都在這裏做功課吧!」

　　姐姐不像她,正兒八經,規規矩矩的跟誰都不開玩笑。阿強過來搭訕,姐姐也不理,眼觀鼻鼻觀心,專注地督促她收拾書包。學校要女生剪短髮,姐姐聽話的讓母親剪,頭上齊輯輯的一圈像個冬菇。順手給她剪,那麼難看,她打死也不肯,給抓住剪掉前額一束,就掙脫了。母親發脾氣擲下剪刀:「死女包你以為我好得閒!你變癲婆我也不理你。」姐姐乖巧地掃去地上的頭髮,她趕忙照鏡子,她情願披頭散髮也不要變成冬菇。

　　離開茶餐廳,總有人叫住她。有時是黃伯,提醒她把圖畫書帶走。有時是父親,把甚麼包點塞到她手中。有時是阿強,説撿到她的筆。哪來這許多筆?她懵懵然地接過,隨手放進書包裏,到家才發現有些筆是新的。後來,不管有沒有人叫,她走到門口總是回頭望一眼。

　　父親很晚才回來,雖然累,嘴角仍掛着笑意,講話細細聲。母親繃着臉離家,又繃着臉歸家,進門就嘩啦嘩啦的跟姐妹倆吐苦水:塞車啦、趕貨啦、街市的東西越來越貴啦、命苦啦⋯⋯等父親出現時又加重語氣再來一遍。她聽得出有點撒嬌的意味,父親疲憊的安慰她:「辛苦你了,快來吃宵夜。」把塑料袋中的外賣盒拿出來,又去拿兩套碗筷。母親側過臉哼的一聲:「不過是你們今天賣剩的東西!」父親笑笑説:「好物沉歸底。」她發現母親不知甚麼時候把束在腦後的頭髮放下,穿上

小花睡衣，領口的荷葉滾邊遮住壯碩的肩膀，側臉和脖子的線條有點似學校圖畫室裏的石膏像。那時他們住在筲箕灣道一層唐樓裏，向街那面全是玻璃窗，窗前掛着的衣物在風中輕輕晃動，擺弄着對面大樓密如繁星的燈光。父母並肩而坐，身影後一片璀璨，她好喜歡這個畫面，把臉湊過去：「我也要吃宵夜……」還未說完母親一手掃過來：「吃你個頭，你爸連晚飯都未吃，你快給我滾去睡覺！」躺在床上，食物的香氣一陣陣飄來，她仍是不甘心，趴在枕頭上遙看父親把甚麼夾到母親碗裏，又在她的小杯裏倒酒。晚歸的電車吽吽而至，像回巢的老牛，穿過細細聲和大大聲的對話，譜成多聲部的催眠曲。她感到身邊滿滿的，像一團發酵着的麵粉，軟而溫暖，柔柔地把她捲進夜的深處、捲進夢鄉。夢中她偷偷回去空無一人的茶餐廳，獨個兒在那裏大吃大喝，飲了好多瓶汽水。飲完，她手一揮，銀光一閃，空瓶子飛魚似的插進膠框裏，比阿強更厲害。

感冒

坐在辦公桌的電腦前，那雙手好像不是她自己的，在鍵盤上亂敲。近日天氣時冷時熱，很多人生病，咳嗽和打噴嚏的聲音在地鐵裏飛來飛去，避無可避。這幾天她也有點感冒徵狀：喉嚨發乾，眼睛酸澀。抽屜裏有感冒藥，但吃了藥人更懵，得撐到下班才吃。正神不守舍的忙着，忽然手機震盪，她一看，只跳出一個念頭：天！又要去屯門！

　　當然可以不去。試過不理他，電話裏他快要斷氣似的：「好久沒見你啦……」聽來好像已經餓了好多天，她又心軟。想起以前打電話叫他回家，明知會被人罵個狗血淋頭，他也沒推辭。臨走，他垂頭喪氣的望她一眼，不言自明：「都是為你做的。」這時連見個面都不行，也講不出口，雖然見面只是個藉口。

　　她說服了自己，感冒也不是甚麼大病，兩個小時之內就能把這件事情處理掉，可以安心回家睡覺，不然明天他肯定還會打電話來，要是病重了，她更不想去屯門。她這樣想，捱到下班，戴上口罩匆匆離開辦公室，上車前在提款機取了錢。

　　他總有不同的理由，應了母親所說：得把口，花樣多多，周身刀冇張利。她也不在這些點子上認真，明知是掩飾，看心情回應幾句或不吭聲，甚至罵他，卻很厭煩那些不同位置的茶餐廳。她在屯門走來走去，根本沒有心情吃東西，因為這不是他們見面的目的。自從 V City 的食店出現，她定了個地點：「我們就在西鐵站上面那家甚麼記的茶餐廳碰頭吧。」就圖它方便，之後可以立刻坐車離開這個她不想逗留的地方。

　　「那裏又貴又不好吃，不如我帶你去另外一家……」見勢色不對，他軟軟的笑了一聲，順從的答應着：「好的，都聽你的。」

　　「你真聽我的就不會搞成這樣。」他不說還好，說起來她就氣，聲線不知不覺的提高。

　　「我都聽你的呀！你要我回家，我都回；但等了這些年，我都老了，你媽還是不肯回心轉意，我有甚麼辦法！」

「勸你不要結婚，你不聽。你婚都結了誰不死心？還等你？你又不是沒結過婚，結甚麼婚？你悶，找個朋友行街飲茶算啦，枉我白忙一場！」

「怎麼你講話的語氣越來越像你媽……」

「你心裏還有她嗎？」

他一時語塞，然後聲音像被人戳破的汽球，絲絲從鼻孔裏漏出：「你眼見，我每次回去都被趕出來，好話也講盡了，這麼多年，算是絕望吧！我也想有個家的，過年過節一個人冷清清，好難受！我不結婚，女朋友又怎能來香港？」

她想說：「你就別回來了。」話到嘴邊，醒起是自己去深圳找他，叫他回來的。他沒有地方落腳，給他找劏房，交房租，後來又教他申請老人公屋。沒錢，給他零花錢，就是想他多點出現。逢年過節有誰生日都打電話叫他回家，勸他：「你總得有點誠意，無影無蹤的誰不心淡？你們這代人總是演大戲那樣扭扭擰擰不肯相認的，總要彼此折磨三五個回合，耍一輪花槍，才一起唱大團圓閉幕……」

原來這全是自己一廂情願的想法。以為他們還有坐下來一起吃宵夜的可能，豈料這個世界早已不是之前的那個世界了！

忽然她想打噴嚏，忍住了，眼淚水卻冒出來。

「怎麼你哭了？」他吃驚的說。

山盟海誓

　　小學還未唸完，茶餐廳沒有了。他們搬到柴灣的屋邨，她換了附近的學校唸書，跟同樓的小孩上課下課。她沒有鑰匙。父親在家，家門通常大開，沒開就到別人家裏玩一陣子。那時她有一個同學，叫明珠，住在下一層，她最喜歡待在明珠家裏。明珠的母親單眼皮，微絲細眼，看上去笑瞇瞇，聲音有點沙，講話慢條斯理的，聽來情意綿綿的好富磁力。明珠的母親不用上班，成天忙着煲湯煲糖水、製作各種點心。她跟明珠在看日劇，明珠母親把一碗碗一碟碟的東西端進端出：雜果啫喱、綠豆沙、大菜糕、馬蹄糕換着登場。她從不責備明珠為甚麼不做家課。明珠的哥哥不知在哪裏玩，進門一頭一臉的汗，捧着一個球，明珠的母親笑着説：「快去洗個臉吃點東西。」她很納悶，自己的父親為甚麼不跟明珠的母親結婚呢？明珠的父親不多話，下班回來就吃吃喝喝，然後心滿意足的攤在沙發上看報紙看電視。碰到明珠，摸摸她的頭説：「珠珠——」明珠趕快掙脫，嫌棄地説：「核突！不准再這樣叫我！」不知怎的她心裏一陣酸溜溜。明珠長得並不漂亮，母親的微絲細眼到了她臉上變成矇豬眼，再加上父親的蒜頭鼻子，看上去很卡通，父母卻當她是個寶。碰到她哥，她父親也摸摸他的頭説：「輝輝——」她哥木然的沒反應，父親自己笑兩聲，沒多久就在沙發上睡着了。

　　要是沒有人反對，她真想在明珠家住下來，不回去了。

偶然見父親站在自家門口跟左鄰右舍聊天，她很高興，飛奔過去，猜想今天是不是過節了？他準備了甚麼好吃的？母親極忙碌，很晚才回家，看見父親就黑着一張臉，說不了兩句就罵。父親垂着頭，甚少回嘴，說不過來就嘆氣，或囁嚅着：「你冷靜一點⋯⋯」越是這樣母親越是歇斯底里，大聲嘶喊、摔東西。他竄出去躲避，在門外觀形察勢，等她怒火退了才輕手輕腳的從門縫閃進來。母親再罵，他再出去，如是這樣過了好些時日。初時她心裏惶恐，後來就見怪不怪了，甚至覺得母親好麻煩，總是弄得家嘈屋閉的。她跑去明珠家做功課，一直磨蹭到看完《歡樂今宵》還不走。大人顧着吵架，沒人想到她，最後還是姐姐尋來的。

　　終於，不見父親回來。那時她中學快畢業，母親說：「他死了。」她知道父親沒有死，因為她接過他的電話，輕聲細氣的問：「媽媽呢？」她老老實實的答：「上班去了。」「哦──」那邊嘆息了一聲：「好的，你們要乖啊！」問他甚麼時候回家，他含糊的說去了很遠的地方工作，暫時不能回來，就掛線了。她沒有向母親提及這個電話，省得討她一頓罵：「這種人你理他都多餘⋯⋯」後來才知道，工廠搬到內地之後母親掉了工作，換過很多份工，因此心情很壞。她天沒亮就去附近的糕餅店賣麵包，下午當鐘點女傭，晚上還到寫字樓做清潔，後來又當保安。母親一個人做幾份工撐起一頭家，自己省吃儉用，給姐妹倆交學費，非常辛勞，她們都不想惹她生氣、難過，都不敢提起父

親。幸虧香港建了許多屋苑、豪宅，一個毫無特長的中年婦女受點培訓就能當上保安。母親氣憤的説：「我可以當保安，為甚麼他就不能當保安？只會把包袱扔給我，自己到處逍遙快活。」半夜上廁所，見母親呆坐廳中，也沒亮燈，沉鬱的背影似乎微微顫動，不知是否在哭，嚇得她趕快退回房裏。

母親是個很要強的女子，不喜歡別人看見自己軟弱的一面。她年紀大了，操勞半生，關節開始有毛病，在姐妹倆面前從來不説痛，睡夢中再控制不了，才發出難忍的呻吟。日間，她強作精神，有機會數落父親時雙眼就睜得圓圓的：「他這人就是沒定性，只會些小眉小眼的伎倆，沒一件事能堅持到底，甚麼都做不成！」力量從恨意而來，她語調越來越急速，話語都成了一串串飛鏢：「做工廠覺得沒出息，自己又學藝不精，我真是鬼掩眼才信他有本事做茶餐廳，把積蓄全拿出來給他投資。香港地，哪間茶餐廳沒有生意？怎麼輪到他就會虧的？虧也不打緊，做生意總有起有落，那咬緊牙關堅守。我願意支持，家裏的事都不用他管，都無後顧之憂了，又不要做，説形勢不好，大家顧着移民，租又越來越貴，股東散了他一個人沒法頂得住，也不知有甚麼是他頂得住的。打工沒有一份做得長，失業的時間比上班多，後來又要跑去大陸，去大陸當然快活，日日花天酒地！」

多少恨！心裏卻又只有這個人，句句話都提到他，説點別的也不行。她聽多了，就想，是不是工廠沒搬走，股東沒

移民，舖租沒加價，茶餐廳能繼續做下去，他們的人生會不一
樣？

　　母親的話裏完全沒有美好的回憶，婚後的郎情妾意亦一筆
勾消，好像她們姐妹倆是石頭爆出來的。她發現抽屜裏藏着不
少父母年少出遊的照片。陳舊的照片，顏色變淡了，卻有一種
奇異的和諧。兩人眉目飛揚，緋亮的臉光閃閃，像杯裏滿得快
要瀉出來的水。她印象最深刻的一幀，父親穿着格子襯衣，母
親是條紋 T 恤，抱着一頂草帽，看似承接他們怒放的心花和
滿嘴關不住的笑。背景似乎是個碼頭，夕陽的柔光中，背後有
海，一片銀藍把兩人的形象連成一氣，竟有點山盟海誓的味道。

　　後來照片不見了，不知道被母親扔掉還是給父親取走。

家

　　「你不喝咖啡了？」

　　她搖搖頭，呷了一口熱檸檬水：「不喝了，或許以後都不
喝。」

　　他怔住，摸不透她的意思。

　　她回過氣來，才說：「今天我有點累，作感冒，頭重重的，
不跟你吃飯了。」低頭打開手袋，沒有信封，就抽出一張紙巾，
把錢夾在當中，推給他。

　　他笑笑口的接住，放到褲袋的時候順勢在枱底瞄了一眼，
臉色忽暗，彷彿有烏雲在眼前飄過。很快，他回到燈光下，努

力擠出一絲笑容。

　　她站在提款機前順手按下去，錢多錢少沒個準，逢年過節就提多點，反正，沒錢用了他自會打電話來。當然，轉帳到他戶口就不用跑來跑去這麼麻煩，但她寧願跑，親眼看到他眼睛鼻子耳朵都沒缺，不是有人拿刀架在他脖子上向她要錢的。這些事，她沒跟任何人提起，連她姐也不知道，怕多一個人罵她沒長腦袋。姐姐有一點像母親，或許被母親催眠了，只記得負面的事情，老是說：「他甚麼時候理過我們？從小到大都沒有給過零用錢，也沒有玩具。」她還不是一樣，但從不為此而埋怨他。

　　她氣的是他再婚，那女子比姐妹倆沒長幾歲，還帶着一個孩子。她不知為何反應這麼大，覺得他不僅背叛了母親，也背叛了自己，比發現男朋友一腳踏兩船還激動，千方百計的阻撓，見一回就吵一回，都有點不平衡了。這之前，她真不知道自己原來也會吵架的，母親的基因突然發揮作用，她快變成潑婦了。他委屈地說：「你就站在你媽那邊，看不得我過些開心日子！」父女倆還真的為此翻了臉，她狠狠的扔下一句：「那以後都不要見了，阿媽說得對，男人沒一個是好東西！」

　　為他做了這麼多，都不及一個在麻將館認識的女子。

　　她氣瘋了，再不理他，好一段時間不聞不問。

　　心裏卻彷彿有些甚麼被挖走了，空洞洞的缺口，充滿了挫折感。她想起小時候玩砌積木，她堆到好高，黃伯說：「停手

啦!」她要再高,忽然嘩啦一聲一塊二塊崩天裂地的倒下。「都
叫你停手了,就是不肯停。」黃伯幫她拾起地上的積木,不知怎
的總是少了一塊,時間長了那房子再砌不起來。

有天,是醫院打來的電話,通知她有家人在街上暈倒,送
到急診室,正在留院觀察。她匆匆趕到醫院,看見他躺在病床
上,臉色蒼白,瘦得像株菜乾,不必解釋就知道這人生活得不
好。醫生說他胃出血,好久了,自己貧血也不知。

他在病床上苦笑:「是我把手機號碼給醫院的,得動個手
術,又麻煩你了。」

她默然,雖沒有問:「你不是有家有老婆的嗎?」但沉默有
時比語言更有力量,他不打自招,有點不好意思的往下說:「我
們早完了!」

她沒答話,這結局,她之前就警告過他,只是沒想到來得
這麼快。他繼續說,女子來港之後,嫌他窮,不夠錢花,自己
去酒樓工作,認識某男子,搭上了,兩個人打得火熱,難捨難
分。因為沒有地方住,竟然明目張膽地把情人帶回家,三個大
人一個小孩同在一個屋簷下生活。

「這怎麼可能!」她聽得發暈。

「她這個人是很容易受騙的……」

還未說完她就大叫:「受騙的那個是你!早就說你一定會惹
麻煩,但再煩都沒想到是這樣,你怎麼不趕他們走呢!」

他吞吞吐吐的說:「房租太貴,他們一時間不好找地方,」

又嘆氣：「我也不知怎開口⋯⋯」

可以想像，男人年輕力壯，一個又瘦又病的老頭子如何拗得過他？逼得太緊，説不定兩個人夾手夾腳的把他殺了。

「這是甚麼生活？一男一女帶着小孩跟一個老人在一起，你的角色怎麼從原來的老公變成一個靠邊站的老爸呢？」

他無言地低下頭。

她氣憤的問：「還不跟她攤牌？」

「牌她早就跟我攤了，留港未夠七年，離婚對她不利，暫時就這樣，等到換取永久居民身份證再説，他們願意付租金和生活開支⋯⋯」

這是一種怎麼樣的生活方式？

他喃喃説着：「真的散了我亦要搬離大單位，再分配去跟別的老人合住⋯⋯」

那語氣，好像還有點捨不得；好死不如惡活，或許孤獨比死更可怕。

真是不可思議的一個爛攤子。她的腦袋彷彿被人塞了一把破棉絮，一片混亂，都理不清事情了。她無話可説，他自己挖的坑，自己又掉下去，在裏面掙扎。除了在經濟上給點支持，她能怎樣？她不要見到這些人，手術過後，給他辦了出院手續，在提款機取了錢放在他手裏，着他自己坐的士回去他所謂的「家」。

他久不久來個電話，説他也有工作的，送外賣、速遞、替

更之類，那個黃伯介紹的，有一天他們在路上碰上了，他說。
不過黃伯已經半退休，時常返鄉下，不一定找得到他。沒人介
紹，他這個年紀去找工作人家也不請……說到這裏她就知道他
沒錢了。她沒有深究。他要錢，就給他錢。種種理由：生病
了、牙不好了、眼鏡破了、冰箱洗衣機壞了、手機掉了，諸如
此類。

　　真也好假也好，三幾千，對她來說不是問題。她沒有以前
那麼慷慨，那是肯定的，那時痴想父母能破鏡重圓，放假陪他
到處看房子、買家具，面不改容地支付過萬元的房租上期和按
金。

　　這一切，當然不能讓母親知道，就那次醫院打電話來，她
在旁邊聽到了，已經狠狠的說：「都叫你唔好理佢啦！佢要死，
由得佢死喺街。」

　　她作感冒，頭重腳輕，也來了，沒好氣的問：「為甚麼突然
間又要錢？上次給你的那麼快就用光？你不是說房租生活費都
是那個女人付的嗎？」

　　「她……她最近失業了……」他結結巴巴的說。

　　「唉！你信她，就像我信你一樣，再沒有比這更荒謬的事
了！」

　　「我不是騙你的！」

　　那檸檬水忽然間一下堵住了鼻子，嗆得她眼睛都睜不開。
她聽到自己心裏說：她騙你，你騙我，都無所謂了。只要你別

給人斬開五六件，塞進垃圾袋扔到荒山野嶺，逐件尋回之後又要我去認屍。我最怕這種事，但我不去是沒有人會去的，你以為還有人會理你？

她並不富有，但如果給點錢就能解決一時之難，那就給吧。

不知怎的鼻子一酸，她又想打噴嚏。

她睜開眼，隱形眼鏡有點移位，看出去的東西一片模糊，好像他已經溶掉了。她大吃一驚，覺得好累，用力眨眼，現實世界才慢慢重現眼前。她深深的呼出一口氣，無力地說：「我真的要走了，你自己慢慢吃吧！」

說着就站起來。

她滿身痠痛，走到門口，不自覺地回頭望了一眼，雖然無人叫喚她。

中秋節

中秋節

近幾年，他們兄妹倆都怕了過節。

一個住沙田，一個住馬鞍山，過去鯉景灣跟父親吃頓飯。

平日他們輪流約老父出來喝茶，還好；但一年總有幾個節，要一家團聚，拜祖先，給母親靈位上香。他，長子嫡孫，不管是做給父親看還是為了心安，都逃不掉這個責任。

妹妹過來幫忙。印傭阿美，甚麼都不會弄，幾乎要煮好了給她吃。

妻子在醫院工作，不當班那天就在家睡覺。妹夫當然不會參與這等婆婆媽媽的事，兄妹倆在電話裏約定，大家分頭買點燒鴨油雞之類，再到父親家裏合力擺出一桌菜。

香爐插滿了焦黃的竹籤，灰散開了櫃面。他們順手清理，諸事完畢，大家坐下來吃飯。

母親原來的位置，坐着阿美。阿美黑黑實實，有點哨牙，看上去總在笑。她把燒鴨骨弄掉，肉放到父親碗裏，又給他夾菜。父親很開心，不停的說：「你食啦！你食啦！」

他們低頭扒飯，想起父母一邊吃飯一邊吵架的日子。

　　父母捱了一輩子，本以為房貸完了，又有點積蓄，可以相伴遊山玩水，安享晚年。誰知父親退休之後，在家閒着無事，也許是沒事找事，意見多多，湯不夠濃茶又不夠釅，沒停過手的母親當然反脣相譏。一向各幹各的，倒風平浪靜，母親洗衣買菜之餘還可跟附近幾個街坊打打麻將。父親退休之後就不能打了，他一會兒腰骨痛一會兒牙痛，得陪着去針灸推拿或製作種種湯藥。兩個人日對夜對，忙忙亂亂，芝麻綠豆的小事都搞得沙塵滾滾。夫妻倆各持己見，從早吵到晚，母親的脾氣變得越來越壞，沒察覺血壓高升，突然間心臟病發一走了之。

　　父親悲痛不已，更糟糕的是，買菜燒飯之類的家事完全不會，生活一團糟。他三頓都在外頭吃，沒多久腿又有問題，得撐着拐杖走路。兄妹倆各有自己的家要操心，實在兼顧不了那麼多，唯有僱個印傭照顧他。

　　起初父親極其反對：「我怎可以跟一個陌生人同在一個屋簷下生活？還是個女人，多不方便！」

　　兄妹倆苦苦相勸，末了他才勉強答應試用一個時期：「感覺不好我還是要趕她走的。」

　　於是阿美來了。她身量不高，束着一條馬尾，棕黃色的臉繃亮繃亮的，攏不住一口白牙。烏潤的眼睛像某種熱帶動物，蜥蜴之類，又沉又大，深深的雙眼皮，慢慢地垂下濃密的眼睫毛又慢慢地抬上去，對方就被迷惑了。父親竟然變得非常聽話。阿美要他喝水，他就喝水，忘掉了他那些龍井水仙陳年

普洱。阿美要他吃麵包，他就吃麵包，再不要求牛肉粥鯪魚球粥。阿美去超市，他跟着去，站在一旁幫她看住手推車。兩個人去喝早茶，手挽手，不知是阿美帶他去還是他帶阿美去。

「為甚麼對阿媽要求這麼多，對阿美就甚麼都無所謂？」妹妹問他。

他也答不上來，只能嘆氣。

阿美是個懶鬼，門窗桌面都是塵。妹妹要阿美擦玻璃，父親説：「看上去挺乾淨呀！不用擦了，阿美你快來看電視，今天是大結局！」阿美笑嘻嘻地坐下來陪他看電視，兩個人都高高興興的，只有妹妹為之氣結。這是妹妹在電話裏向他複述的。他説他的：有個下午放假陪父親去東區醫院覆診，阿美同去。看完醫生之後有點晚了，他乾脆留下來吃晚飯，順道一起去買菜。誰知到了街市，阿美只是在小炒外賣店買了幾樣菜，原來他們天天如此吃，碗都不用洗。

父親很滿意：「甚麼菜式都有，又好味，一點都不用傷腦筋，想吃甚麼買甚麼。」

妹妹打算換一個傭人，父親竟然不同意。

「阿美很好呀！有甚麼問題？」

「阿美都不會煲湯，我給你找個會煲湯的，你不是最喜歡喝湯的嗎？」妹妹説。

「我早不喝湯了，電視上説老火湯喝多了會痛風的，飲食簡簡單單就好。」

妹妹向他傾訴：「真是被鬼迷！」

中秋節，吃過晚飯妹妹拿出一盒月餅，支使阿美去泡茶。

茶仍未拿出來，父親已經急不及待的大叫：「阿美！阿美！快來吃月餅啦！」

那個阿美，也不會不好意思，笑着從廚裏走出來，坐在父親身旁，兩個人像小孩子那樣盯住月餅。

父親手顫顫地一刀下去。

月餅被切成兩半，歪歪的一邊大一邊小，渾圓的蛋黃散掉了。

兄妹倆對視了一眼，默然無語。

易安

易安

　　他，中等身材，偏瘦，夏天穿短袖襯衣冬天穿長袖襯衣，鼻樑上架着金絲眼鏡，年輕時是近視，隨着時間遞增加上老花，看上去像個寫字樓職員。客人上車時望司機一眼，見他挺正氣，不是那種紋身戴耳環的蠱惑仔，就放心打瞌睡、玩手機、講電話。他通常很安靜，不會主動跟人搭訕，但偶然也碰上些愛講話的客人，特別是那些熱血阿伯，或滿腹牢騷，或談時論政，經過每條街都有大堆歷史掌故，他就因應情況對答。開了幾十年的士，甚麼人沒見過？他語調溫和，加油煞車的動作輕巧，安全感十足，一般都把氣氛掌握得很好。熱情的客人在狹小的車廂裏跟他相處了一段時間，推心置腹起來，竟然有點捨不得，懇切追問：「下次我要車就打電話約你，應該如何稱呼呀先生？」

　　深知大多數不會有下文，但他仍是有禮貌的回答：「叫我阿 Jim 得啦。」

　　他中學沒唸完就到社會工作，在洋行當雜務。老闆是個英國老頭子，囉囉唆唆，成天到晚叫着他，英文名也是他取的，

説這個名字最適合他了。他也練出一口不大正確但挺流利的英
語，接載外國客人絕無問題。

有些客人望着他的司機證説：「你的名字都幾得意，挺好記
的，司機也流行改別名的嗎？」

有人問：「名字是音譯過來的？你是新移民？」

也有人看了咭咭笑。

有一次，接了一個竟然會講普通話的外國人，他一上車就
被司機證吸引，非常興奮，原來是個研究中國詩的，以為他是
陶淵明的崇拜者，所以取名陶潛。於是跟他大談〈歸去來辭〉，
説到興起，還抑揚頓挫的唸起來。普通話他沒聽懂幾句，很慚
愧，一路上只會説：對對對！

後來他在鴨寮街地攤找到一本《陶淵明詩選》。果然，陶淵
明又名陶潛。看見自己的名字印在書上，感覺很特別，忍不住
翻起來。其實，他一直不喜歡自己的中文名，古古怪怪的，學
校的點名冊上總是一眼就發現他，甚麼事都派到他頭上。名字
的筆畫又多，被老師罰抄時尤其吃力，如無必要他從來不提。
拍拖時女朋友叫他 Jim，結了婚，老婆小孩都叫他 Daddy，後來
叫老竇。母親一直叫他沾仔，口頭語也不知是個甚麼寫法。八
歲時跟母親從鄉下來港，或許她的鄉音太重，辦證件時人家把他
的名字寫作「潛」。他沒懂幾個字，母親也不是很有文化的，無
人有異議，於是這就成了他的名字。以為到了香港就可以跟父
親團聚，誰知道，金山阿伯在美國早就有另一頭家，連孫子都

有了。沒多久父親去世，總共加起來他只見過幾次。母親是個樸實的鄉下婦女，長得也算端正，但一口鄉音，也沒奢望過甚麼奇蹟，就自食其力的過日子。他見母親每天起早摸黑提着飯壺到工廠上班，自己的個頭漸漸長得比她高了，實在不好意思再吃她的穿她的，就停了學出來工作。

這個陶淵明的詩也不難讀，他翻到〈歸去來辭〉，有些句子他也有共鳴，譬如「稚子候門」「攜幼入室，有酒盈樽。引壺觴以自酌……」雖然他家望出去只見到對面那座公屋，滿眼都是鄰居晾曬的衣物，沒有庭柯怡顏，當然也沒有出岫的雲和孤松，但他亦感受到那份趕着回家的急切之心。每天下班，他肚子空空的，想着家裏的熱飯熱菜，大人小孩等着他，心裏就滿滿的，巴不得兩步併作一步走。但有些想法他不同意，他從來不獨悲，也不會迷途。開了幾十年的車，這些路他都太熟悉了；相反，他很喜歡自己的工作，獨自開車，一個完全屬於他的空間，想怎麼走就怎麼走。偶然沒有載客，他在路上奔馳，難得的自由自在，簡直覺得自己在飛。家中只有一房一廳，自從女兒長成窈窕淑女，他就把唯一的房間讓給老婆和女兒，方便她們換衣打扮，自己改睡廳子裏的沙發床。睡房與大櫃之間還擺了一張雙層床，母親睡下層，兒子睡上層。一家人共享這小小的空間，同呼同吸，一起作息。偶然他睡不着，也不敢亮燈看報紙，怕打擾了他們。半夜上廁所也不會拉水，那水箱嘩嘩的響，老妻有點神經衰弱，醒了很難再入睡。除了開車，他甚少

有一個人的機會，想靜靜做點甚麼都難，更別說獨悲。他看得最明白、也最中他意的，還是那句「審容膝之易安」，再侷促再逼仄都是個家，老少平安有吃有住他就心滿意足，其餘都是可有可無的花花草草。

他站在那裏翻書，擺攤的老伯説：「絕版書呀，明益你，十蚊啦！」

書面已經發黃，有淡淡的水漬，釘裝亦有點「甩皮甩骨」。這都不是問題，這價錢，還不夠喝杯奶茶，但書買回去，可以放在甚麼地方？書架是孩子們的，他們的東西已經擺到櫃頂，差不多碰到天花板，哪還有他的位置。人家有床頭書，但他連床都沒有，塞在沙發底，母親一掃把挑出來，肯定當垃圾。要是大模斯樣的把書放在桌面，那殘殘舊舊的樣子，早晚給老婆扔掉，或用來墊煲。

再翻一下，看真了，這書也沒有甚麼可以借鑑。他又無鄉可回，沒有任何地方可以歸隱，就在此地老去，看自己能見的山，望自己能及的水，是否在東籬採菊又有甚麼關係？年幼時常跟母親回鄉探親，帶很多吃的穿的用的。後來鄉親們都過得不錯，逐漸搬到城裏，開大車，住大屋，比他們生活得更好。再後來，整條村都不見了，翻天覆地的蓋了廠房、購物中心、住宅區，不要説田園，連公園都沒有。空氣中太多塵，甚少欣欣向榮的樹木，亦無涓涓而流的泉水。以前的確有一條清澈的小河，但隨着地區發展變成堆滿垃圾的污水溝，他都認不出來

了。回去，只讓他感到陌生。在香港雖然沒有多少親戚，也沒有琴書，但他也不憂。富貴是不用想的了，他注定開一輩子的車，開到開不動為止。能過自己把握到的生活，一家人吃飽穿暖，該讀書的讀書該工作的工作，他覺得還可以。他每天七時開工，一大清早出門，到了交更地點，先去茶餐廳跟同行八卦一番，嘻嘻哈哈的，也挺開心，不明白以前那位陶潛為何如此不快樂。

「唉！見你是個斯文人，睇到唔捨得放手，五蚊啦，當送給你。」老伯揮揮手説。

他這才發現自己站着看了好久。

不買就別妨礙人家做生意，他笑笑，放下書。

「喂！五蚊都唔買？絕版書呀！」

「我想買新版的。」他説。

他只是亂説。他從來都不買書，哪知道甚麼新版舊版。他不過好奇，這個寫詩的陶潛在想甚麼？過的又是怎麼樣的日子？

似乎他也不是活得很精彩。

他這麼想，卻聽到背後飄來一句：「黐線！」

安美的旅行

安 美 的 旅 行

無花果

　　一灣碧藍，反映着山的倒影。她站着看了好一會，沒有任何動靜，見岸邊水波緩緩上落才知其實也有點風。近處水色翠綠，清澈如薄荷果凍，看到水底的碎石和沙，還有潛游其間的小魚。四面群山交疊，有些山頭鬱蔥蔥的滿佈植披，有些裸露着紫灰的岩石。水平如鏡，有一片浮標，排列整齊的黑色圓球一點一點，像目光閃爍的眼珠子。她走到左邊，眼珠子就轉向左邊；走到右邊，它們又轉向右邊，老盯住她。她走來走去，猜測這或許是個貝類養殖場。小灣沒有船隻行走，間中有海鷗拍翅起落，久不久傳來軟軟的一聲水響，是溫柔的浪，爬上石灘又退下來。公路像一條鮮亮的絲帶，從山坳那邊拋出，沿山勢飄揚，偶然一兩部車，蟲子那樣嗡嗡過去。她在路邊徘徊，在陌生與熟悉之間穿行。遠處霧氣漸起，山和水都朦朧了，氤氳迷茫的沒進南方溫暖的天色中。

　　這天色，又讓她以為自己在西貢，伸手就可以截的士返回市區。

眼光放回路上，沒有的士，甚至沒有甚麼車。

這裏當然不是西貢，西貢也沒有這麼多無花果。她眼中的現在，不知為何總讓她想到過去；有時，只想到過去，眼前景物只產生提示的作用，像一個謎面，是為了讓她去尋找謎底的。有人說：你老了。她覺得不全對，她母親年紀大了之後甚麼都記不住，連親友的名字都忘了；而她，過去的事越來越清晰，比新聞更清晰，彷彿活下去的意義不過為了回想這種種經歷。一眨眼，不知怎的就從過去來到了今天，一大堆資料，她還來不及整理。

走在路上，兩旁的樹結滿果子，一顆顆紫黑色的小圓球，垂掛在碧青的葉間。她沒有太在意，無意中望一眼，覺得有點像無花果，既伸手能及，不妨摘下來一嘗。真的是無花果！她好興奮，紫色無花果在市場上賣得超貴，這裏竟然可以隨便摘，她來來回回的沒停過手。初時見甚麼摘甚麼，慢慢學會挑選，因為果子不僅有大小，還有樹上熟的，或是樹上乾的，一個比一個好吃，那滿足感簡直就是味道的最高點，相比之下魚和肉都嫌膩濁。看似貧瘠的沙土竟會長出如此鮮美的果子，又任人吃，就像天上掉下來的禮物，她覺得很神奇，不是發夢吧？她滿口清甜，從沒經驗過的，夢也夢不出來。除了無花果，間中亦見石榴、梨子、檸檬，當然嘴裏吃着無花果就顧不得其他了。她摘了好多，吃不完捧回去給他一嘗。他盯着魚竿，眼花花的沒看清楚，咬了一口，叫起來：「嘩！好甜！」立

刻吃了好幾個。

她說：「以前你看見人家的番石榴就想偷，爬到荔枝樹上狂吃不肯下來，如今到處都是水果，任你摘，還不快去！」

他嘆口氣：「那時我幾歲？如今幾歲？還能爬樹嗎？」

「這個不用爬的。」

「我血糖偏高也不能吃太多水果，得適可而止。」

說着不敢再吃，把無花果擱一旁。她把熟透的果子一顆顆撿起來用毛巾包好，珍寶似的，以為帶回去住處慢慢品嘗，才一陣子又給她吃光了。

看見果子掛在樹上，她仍是忍不住，繼續摘，不過興致沒有當初那麼高了。不知不覺，又回到他釣魚的地方。無花果漸漸多起來，她說：「這幾天都不用買水果了。」想起在路邊賣東西的農民，她有點得意：「不知會不會有人以為我們是賣無花果的。」

他專注地盯着魚竿。

見他沒答理，她彎下腰在他耳邊喊：「太陽都快下山了，還在釣？」

他回過頭，雖然戴了草帽仍是曬得滿臉通紅，興奮的說：「今天有進步，收穫不少！」

「怎麼辦？你會劏魚嗎？」

他聳聳肩：「反正要把漁具還給屋主，就把魚送他，說不定他會做好了給我們吃。」

她朝魚簍瞄瞄，跟她的無花果相比，差遠了，語氣有點不屑：「都不夠人家餵貓。」

不摘無花果了，她改變方向，從他釣魚的地方下去，坐在臨水的一塊石頭上。她脫掉涼鞋，把腳泡在水中來回晃動。水很清涼，但她把魚都趕跑了。他停了手，把草帽擱在魚簍上，跳進水中，呀的叫了一聲，不知是痛快還是不痛快。

他在碧綠的水中浮沉，投在水底的影子像一條大魚，翩翩地跟着他游，看來很寫意。她一身汗，也想下水，但很久沒有在海裏游泳。上一次，是很多很多年前，在西貢，沙灘柔滑如麵粉，踩下去溫軟的，彷彿有一雙肉乎乎的手在撫摸她的腳掌。近岸水淺，走好遠才浸到腰身，站在水中，落在水底的陽光在腳邊抖動，一縷縷如銀蛇擺舞，她一點也不害怕。眼前這個透明的海卻有點古怪，看不出深淺，跳下去不知是否到地。

她不敢獨自下水，於是呼喊他：「快回來呀！」她的聲音像一條拋出的魚絲那樣把他勾住，往回拖，跟着落水狗似的爬上來。他雙手不停的抹臉，還吐口水：「水很鹹的，眼都睜不開，碎石也刺腳，不游了。」

「真的？看起來像薄荷水那樣，我還以為很清淡。」

他閉目皺眉，拿起毛巾擦頭抹頸：「你想游就陪你游吧，但頭不要碰到水。」

她怎控制得了？只怕一下水就石頭似的掉到底。看見他難受的樣子，她不想游了，有點沒趣的說：「那我們回去沖涼吧。」

路上一個人也沒有，他懶得穿回衣服，搭在肩上，提起魚簍就走。她叫起來：「喂！你不帶走這些無花果嗎？」

「到處都長着無花果，算了。」他笑笑。不知怎的她覺得他的牙齒沒有以前那麼白。

「不成，我挑的都是精品，比甚麼都好，市場上賣好貴的。」

他左看右看，不知拿甚麼放無花果，只好摘掉頭上的草帽。

他一手捧草帽一手提漁具和魚，她抓起濕毛巾隨他橫過馬路，走上斜坡。她無法分辨山上這些左穿右插的小路，沒有路牌，即使有亦記不住，文字太古怪，兩旁長着差不多的植物，每條路看來都差不多。他教她：認住一些特殊的物件作記號，譬如路燈的位置、門口郵箱的顏色、陽台鐵欄的扭花圖案之類。她記不住，以為會出現的東西總不見了，所看到的全是陌生的，最簡單的辦法還是跟着他走。

Amy與Raymond

正式當公務員那天，安美何曾料到，自己的工作生涯竟會悶悶不樂的結束。她深刻記得，第一次看到人事部發下來的假期列表，部門上司竟然積累了三百多天的假期。她想，這個人一定非常熱愛工作，以致沒想到放假；要不這份工作很有意義，自己能夠參與真幸運。有些已經退休的老公務員，她不認識的，時常跑回來跟舊同事聊天，等他們下班一起吃飯開枱。偶然傳來一些旅行手信，糖果餅乾之類，她也搞不清是誰請

的，反正有得吃就吃。

Amy就是安美，辦公室裏沒有人用中文名，說了也無人記得住。她加入政府的時期，剛好趕上十年一次的全港人口普查，她那一組全是新人，主任也是大學畢業沒多久的。辦公室突然增加了一大群年輕人，加桌加椅，大家嘻嘻哈哈的擠着，彷彿是校園生活的延續，但比校園更有意思，覺得自己真正的深入社會，而且是發工資的。那時候的忙，很正面，就像他們手上的統計資料，無論經濟人口全是上升的直線，大家並不以加班加點為苦事。同事之間的關係很好，大家都是排年資升級的，犯不着互相傾軋。上司極親民，時常借升職贏馬之類的藉口請吃請喝，提升士氣，中午湊在一起吃飯盒都熱鬧得過節似的。

他們一組人終日相對，放假也捨不得分開，總是一起過週末、一起旅行。主任最喜歡安排遠足活動，跟着他，大家走遍所有的麥理浩徑。幾年下來，從青澀走到成熟，從毫無經驗到認識每條路的來龍去脈，沿途大家分享所有，互相照顧，組成一支非常合拍的隊伍。可惜時間長了，一組人或轉工或移民或繼續進修，漸漸各散東西，同行者越來越少，終於連發起人都消失。Raymond 接替任務，聯絡幾個散兵游勇；也不是沒有回應，到底家庭事業種種忙碌奪走所有的時間和精力，最後只剩他們倆，他們就繼續走下去。這麼多山路，她最喜歡西貢區，他就時常提議去西貢。西貢有很多遠足路徑，又有美麗的海

灣，不想走路可以游泳、划艇、露營、坐船出海，似乎玩極都玩不完，每個角落都留下他們青春的足跡。年輕時她有力氣爬山，往下望，風景一步步的變換，或明淨秀美，或挺拔險峻，翻過山嶺又是另一番天地。萬宜水庫那一段曲折雄偉，有些港灣寧靜如湖泊，蔚藍的水中棲伏着螺貝似的小島。另一個喜歡西貢的原因當然是為了海鮮，他們走了一天，欣賞了整日的美景，有點累，但意猶未盡，不想就此而別，這時還有些小店可以留住他們，讓他們理所當然的坐下來，這一點並非所有遠足路徑都能提供的。艷陽過後，晚霞漸升，海灣飄來潮暖的氣息，混和着薑葱蒸魚、豉汁炒蜆、椒鹽蝦的香味，都分不清碟邊落下的是餘暉還是醬汁。

他們維持着這個約會，也沒考究過甚麼原因，只覺得路上不能缺了對方。她看見他，或他看見她，日子就變得明確而真實，好風景也不是幻想。他們共同創造了人生拼圖的主色調，後來有些零星碎片不好找位置，無數的微風細雨、烏煙瘴氣，但再亂，兩個人配合起來還能嵌出個樣子。很自然，他們拉上了手，一直走到神父面前宣誓他們會不離不棄的走下去。

民宿

路口蹲着一隻黃白色相雜的花貓。屋附近有很多貓，不知是居民養的還是流浪貓，但全都悠然自得，無憂無慮的行走坐臥，不怕人，也沒有絲毫愁慘之情。她想，如果貓吃水果，肯

定不會餓死，不吃水果亦到處是昆蟲小鳥，最多是蜜蜂，說不定撿到魚吃。

頭髮斑白的屋主穿着背心短褲，腳踏拖鞋進出，似乎不用上班，或許已經退休。見他們回來，趕忙搬梯子去剪葡萄架上熟透的葡萄。他細心翻弄，枝葉漏下來的陽光在臉上變換着形狀，滿頭大汗，還把葡萄放到水龍頭下沖乾淨才送到他們面前。她接住葡萄，看見屋主臉上燦爛的笑容，很感動，連聲道謝。

摘完葡萄，屋主又想摘別的，他們趕忙制止，給他看草帽裏的無花果。屋主哈哈笑，指着頭上的無花果說：「我這個青色的味道更好。」又告訴他們，那邊還有檸檬、覆盆子。他嘰喱咕嚕的講了一大堆話，從他園子裏的水果講到這個地方的歷史，兩手不停的比劃，時遠時近，她聽來就是一團糟，唯一明白的是他們一家終於在自己的無花果樹下安頓好了。屋主間中用力拍一下他的肩膀，他藏在喉間的一聲 good 就徹底地吐出來。他身上早就乾了，閃閃爍爍的不知是否結了一層鹽，再也忍不住，說要上洗手間，把漁具和魚塞到屋主手中就急急溜走。屋主很高興，把東西提上樓，邊走還邊回頭跟她揮手道別，依依不捨似的。三層的房子，有草地和一個小庭園，跟新界白牆紅瓦的村屋差不多，也不知道是誰仿效誰，她一見就有親切感。屋主住樓上，地下一層改作民宿，廚浴廁齊全的一室一廳獨立套間。為了營造家的感覺，牆上掛了風景照片，櫃子裏擺滿杯

盤碗碟，有熨斗和熨衣板，毛巾整齊地擺在床的末端。她左翻右翻，任何想得到的物件都有，似乎可以在這裏過一輩子。

「這麼熱情，看來是剛經營民宿的。」從浴室出來，他聲音都放鬆了。

「太好人了，如果再來我們也住這裏。」她說。

「還再來？真有這麼大的吸引力嗎？」

「反正要去英國看兒子，這兒挺好的，人熱情，消費又低，每年順道來一次也不嫌多。」

這個地方，他們已跟唐人街的旅行團來過一次。以前，每逢假期兒子都回香港，自從唸博士，找到工作，就不回來了，他們唯有坐十二個小時的飛機去看他。倫敦的住所並不寬敞，待久了有點妨礙兒子的作息，他們就出去作些短程旅行。那次只是匆匆路過，旅遊車從杜布羅夫尼克南下，沿海而行，她竟錯覺自己走在種滿白皮楊的舊青山公路上，某些角度又有點像學生時期去過的銀鑛灣，或他們以前常去的西貢、貝澳和長沙。停下來拍了幾張照片，她發怔。導遊催促他們上車，她還以為自己參加的是新界一日遊。

後來知道倫敦有機直飛這裏，只是兩個多小時的航程，她提議再來：「別再參加旅行團了，走馬看花，團友又吵鬧，每天都要收拾行李換旅館真累人。以後要選一個地方住下來作深度遊，這才是度假。」

兒子熟悉歐洲的旅遊路線，幫他們安排好了，還是不大放

心：「整個星期，你們如何消磨時間？」

「我們可以行山、飲茶、逛街……」他説。

「你以為在香港？這地方英語算普及但文字是不一樣的，連電視都看不懂，阿媽肯定覺得無聊。」

「怎會……」但她也想不到有甚麼好做，隨口説：「有手機，可以上網，我們也可以好好休息，食啦，瞓啦……那裏近海，可以吃海鮮，反正醫生要我多吸收 omega-3……」

兒子嘿嘿一笑：「別吃壞了！」

居民區沒有餐廳。屋主帶他們去附近一家海鮮小店，未開門，他們不想等，於是在超市買了一堆微波爐食品。他們不大會做飯，多年來都是菲傭做的飯，不然就是回父母家吃、在外頭吃，甚少自己動手。

洗完澡，兩個人都餓了，微波爐速食太乏味，於是想起海鮮店。小店不遠，沿斜路下去，轉到大街上再走五分鐘。店面不大，招牌看不懂，沒有人帶路都不知這裏是做生意的。內部裝修很簡單，有點像倉庫，大門打開只有一個玻璃凍櫃，櫃裏一排長方形不鏽鋼盤，放着各種海產。要甚麼，指一指，老闆娘就抓一把出來秤重量。這個壯實的女人英語並不好，但溝通能力超強，每次都能準確無誤的選中他們的目的物，以及他們要求的份量。

「不知新不新鮮？」看着那些凍得硬直的海產，蝦似乎還可以，魚卻沒見過，她有點猶豫。在香港，市場賣的魚蝦都是活

的;外國超市裏雖然是速凍品,但包裝上印着名字、產地和保鮮日期,消費者心裏總有個譜。而這個方式,真是第一次遇上。

「別擔心那麼多,先試試,不好吃再問屋主有甚麼建議,或去城中找家餐廳。」他説。

她討厭這種語調,這讓她想起上司的口頭禪,每次遞上放假紙,總陰惻惻的説:「假期愉快,別擔心,一切有其他同事搞掂……」字面上是一番好意,但由他説來就是揶揄,好像辦公室裏有她沒她都無所謂;事實上,每次放假回來她桌面的工作都堆積如山。她想起就氣,衝口而出:「我擔心甚麼?陳偉文,是我要來的,我怎會不敢試?」

他並不介意,笑一笑,向玻璃凍櫃指指點點,耐心的説:「這些都是你喜歡的……」選了幾樣東西。老闆娘記好了帳,立刻交給她的丈夫和兒子去處理。不一會,炭燒魚、燒大蝦和炸魷魚就放在保溫外賣盒中送出來,埋單時不用十五歐元。

她心中一口悶氣就是下不去,回到住處,也沒心情擺佈餐具。小園裏涼風習習,兩個人坐下來,打開外賣盒,撲鼻的濃香讓人顧不上碗筷,他馬上拈起一隻大蝦,半空又停住了改為遞給她:「先吃這個,涼了就不夠香脆了。」

大概香氣上升,飄到屋主家裏去了,他聞風而至,還給他們帶來一瓶冰涼的白酒。

他們想付錢,屋主不要,送的,自家釀造的。他哈哈笑,往小店的方向一指,豎起大姆指:「海鮮的味道頂呱呱,對吧?

這是我的老友，賣的東西又便宜又美味，你到餐廳吃多付一倍錢都不如他。」說着向他們揮揮手，下去了，大概跑去看他的老友。她一邊剝蝦一邊說：「這個人活得真開心。」

「我們也很開心呀！」他嘴裏嚼着魷魚，聽起來有點含糊，她覺得他在敷衍她。

這種日子，當然不能說不好，但不是屋主那種滿足到嗓子眼的開心。

吃到中途，才發現沒有喝的。他進屋把酒開了，順手帶來兩個杯子，倒了兩杯酒，跟她碰碰杯：「美酒佳餚，還不開心？」

冰過的酒香香甜甜，像汽水，她一口一口的喝着，突然升起一種很熟悉的感覺。

是氣味？是口味？好像是又好像不是。花貓過來了，她把魚頭扔給貓。貓咯吱咯吱地咬着的時候，後面那一大片綠茸茸的草地在輕抖，那葡萄架和檸檬樹也在抖，過了好一會，她才明白，那是風，還有太陽沉下山最後的微顫。

退休生活

「我叫 Raymond。」

他把文件放在桌面，向她笑一笑，潔白的牙齒顯得非常樂觀，還不知道天下有難事的樂觀。

天真的她也笑着回應：「我叫 Amy。」

　　這過程已在她腦中建立一個無法刪除的檔案，以後的內容就是從這一刻開始。每次叫他，彷彿自己還是那麼可愛，梳着蓮花頭，很乖很勤力，同事喜歡她，上司的評語總是「優秀」。她也認為自己是優秀的，最重要的見證人，當然就是這個上班第一天就認識的 Raymond。叫了這麼多年，這個名字已經像呼吸一樣，不必經過思考就吐出來。某些場合，譬如跟他的父母在一起，她會改口叫他阿文。她並不善變，稱謂的切換使她講起話來帶點結巴，但強大的家庭氣氛感染了她，給予她動力。如果生氣或心情不好，不順心就故意不順口，她會加重語氣連名帶姓的直呼陳偉文。Raymond 和阿文都很自在，但陳偉文就充滿警覺性，因為自從離開學校，只有在候診室等見醫生才會有人這樣叫他。

　　到處旅遊，看來很風光，其實挺累的。工作後期，她老是睡不穩，這毛病一直沒好，半夜醒來總沒法再睡，或迷迷糊糊的躺在床上其實不曾入睡，加上旅途的舟車勞頓、各地時差和天氣變化等等因素就更嚴重。有些地方去完又去，已經沒有新鮮感，但不去又不知做甚麼。差不多年紀的朋友仍在上班，每次碰頭總是很羨慕的說：「你們真是快活過神仙！」她笑笑，雖然感到僥倖，同是公務員，後期加入的同事全編進新制，要定期續約，退休年齡和退休金都跟他們的不一樣，但她真的沒想過那麼快退休。她還以為自己是那種積累幾百天假期的人物，誰料到，退休前甚麼假都放掉，放無可放就申請病假，甚至無

薪假期。

　　九七前後，她都沒考慮過移民，主要原因是捨不得這份工作，萬沒想到後來那麼恐懼上班。還未到星期一，星期日的下午，她就覺得不舒服，氣喘、肚痛，要服用穩定情緒的藥物；又時常感冒，後來變成鼻炎，鼻水流個不停，成天手裏拿着紙巾。藥越吃越多，情況卻毫無改善。她情緒消沉，有一天過馬路時昏頭昏腦，竟然覺得給車撞死了也無所謂。過後她又被這想法嚇了一跳，立刻去見精神科醫生。

　　每次升級，她都調去不同的部門，同事對她的稱謂逐漸從親切的 Amy 變成客氣的陳太。雖然不是處處如意，但亦不會有人像個怪胎。上司比她年輕，人長得乾乾瘦瘦，臉容跟他的變色眼鏡一樣陰晴不定。他喜歡擺官架子，講話時下巴往上翹，骨稜稜的耳後見腮，看着就教人不舒服。辦公室的空調太冷，他回到自己房間就搭上一件灰色的針織外套，隔着玻璃門，整個人都隱沒在色調暗沉的座椅中，只剩神色陰森的頭，氣球那樣懸浮着。他既強調距離，她也不好意思搶他鋒芒請茶請點心，蛋撻也不敢買一個，大家安安靜靜的像在冰箱裏做事。工作了這麼多年，除非出現特殊情況，她習慣到點下班，誰知在這裏，上司未離開辦公室之前，所有人都不會離開。每到下班時間，一群早已無心工作的人在扮忙碌，眼尾卻觀望着她收拾東西離去，不知是羨慕還是嫉妒。幾十歲人，她實在裝不出來，為此，成了上司的眼中釘，分派給她的工作全是些爛

攤子，還要加一句：「陳太你經驗豐富，全靠你啦。」言辭間似是玩笑其實冷嘲熱諷，暗示她擺老臣子姿態，倚老賣老，又時常詐病。她以為會有人支持她，但沒有。一天，上司不停的咳嗽，她心想：要是他放病假就好了。誰料下午竟然有個年輕的同事給他送上咳藥水。大概體會到她的感受，一個有點資歷的女同事，瞄過洗手間裏沒有其他人，壓低聲音跟她說：「沒辦法，我們的 report 都是他寫的，一年兩次，大家都想自己的 file 好看點。」算是安慰她。她沒哼聲，心想，我的還不是一樣！本來沒想過這麼早退休，但待下去，肯定會被他抹黑。雖然自己不需要續約，但她忍受不了被人畫上難看的一筆，她的檔案，一直是優良的。

離開不愉快的環境，但鬱悶的情緒依然繼續，彷彿在一池渾水中掙扎過久，再也爬不出來；或許是藥吃多了，懵了。退休前她想過種種計劃，覺得可以發展這個那個興趣，後來卻一點都提不起勁。Raymond 跟她不同部門，他不放心她一個人在家，也退了，不過退休之後，陳偉文出現的次數更多。他提議去旅遊，以前旅行是放假的藉口，如今想去就去，她反而懶得動。自由行要傷腦筋編排路線訂機票訂旅館，太費精神；參加旅行團又太煩鬧，她最受不了導遊要人唱歌甚麼的。那去行山吧，他說。好久沒鍛煉，她的體力大不如前，哪還敢去蚺蛇尖這樣的地方。玩樂的勁沒有了，只是到處吃喝，體重直線上升，只敢吃海鮮，又有朋友警告他們吃多了會痛風。在附近的

公園散步，碰面都是坐在輪椅上的老人，被菲傭推出來呼吸新鮮空氣，彷彿在預告他們的未來。逛街吧，她失了購物的興致。不用上班之後胖了很多，成天穿着休閒裝，衣裙買回來只是掛在櫃子裏，有些還吊着標籤。走在街上，櫥窗沒有了吸引力，只見城中的建築物不斷膨脹，向四周擴展，人車之間還穿插着拾紙皮的老人，弓腰駝背，步履沉重，像疲乏的鳥叼着形體巨大的死獸。經過橋底，幽暗中堆滿大包小包的塑膠袋，隱藏着許多安靜的眼光，她差點以為是貓頭鷹。

迷路

出發之前，他們上網看過資料，山上有個中世紀的堡壘，都說值得一遊的，就看甚麼時候有心情去。幾天下來，她也掌握到一點規律：小街小巷看似迂迴曲折，其實都是相通的，只要找到一些地標，諸如旗杆、教堂或塔尖之類，藉以分辨前後左右，總能回到原點。問題是她走得慢，開始的時候兩個人是並行的，走着走着她就沒有了力氣，落在後面。他腿長，再遷就仍是比她快，彼此漸行漸遠，於是他每隔若干距離就停下來，回過頭來等她，順便喝喝水或拍幾張照片，這已經成了他們之間的默契，都不用說了。

遠遠就看到黯舊的城門。城有牆，左右伸張如臂，隨山勢高低起落，抱着火柴盒似的小房子，高處的堡壘銅牆鐵壁，一組建築群架在山上像個長了鏽的皇冠。城門前的空地停了不

少車，走到近前，還有護城河，要過一道木橋進城。好多人下車，都朝一個方向走，應該都是去看堡壘的。城內就像大部分的中世紀古城，街道窄細，有很多餐廳和賣紀念品的小店，然後就是民居，很靜，迷濛的陽光抹在粗礪的牆上，門窗寂寂，暗影中似有人又似無人。有些巷子的半空飄着晾曬的衣物，遊人三兩，從不同的方向匯流到主街上，由疏到密，漸漸聚成一行五顏六色的人龍。他在人龍中轉身等她，有些走得昏頭昏腦的老人或小孩就撞到他身上。他身量不矮，又是中國人，在一片外國臉孔中很容易認出來，那藍色鴨舌帽也很搶眼，她就揮手叫他繼續前行，別站在那裏擋路。他放慢了腳步，人多，要快也快不了。堡壘在半山，大街隨着山勢變成小街、斜路、石階、石級，越高越窄，人流越走越慢。他久不久回過頭來看她。這速度，她也能追上去，可是太多人堵在中間，叫人讓一讓，左右都騰不出空位，也就別為難人家了。見他走在前面，她也不是很焦慮，他回頭的時候她還打手勢表示 OK。走了好久，或許是走得慢，那堡壘仍未到。她盯住那藍色的帽子，已經好一段時間沒有轉過來，大概他也走得累了。又走了好久，不少人走不動。石級依山而築，疲乏的人靠在石壁上喘氣。眼前空出一個缺口，她抬頭往山上一望，哪有甚麼堡壘？不是走錯路吧？她越過那些靠在石壁上休息的人，終於追上了他，輕輕拍一拍他的肩膀。他回過頭來，但這人不是他！是另外一個人，她不認識的！

她呆了，忽然冷汗直冒，全身失了重量，樹葉般飄落谷底，最後的力氣從深心處掙扎而出，拼命呼叫：「Raymond！」

王子和公主

「甚麼事？」他從外面衝進來。

看見他，她仍是十分驚恐，喘了好一會，才顫着嗓子問：「你去了哪裏？」

「哪也沒去，一直在玩手機。」

她發現自己仍躺在床上，但心撲通亂跳，幾乎要從口中跳出來了。

「要不要我給你找藥？」他放下手機。

怔了片刻，她擺擺手：「不用了，給我泡杯蜂蜜茶吧，嘴裏乾得很，想喝點甜的。」

「肯定口乾啦，吃了這麼多炸蝦炸魷魚。」

不止口乾，還有點頭痛。她想起來，昨晚喝了很多酒。

「出去透透氣吧，精神會好一點。」

聽到他扭開水龍頭的聲音，水聲嘩嘩響，她漸漸腳踏實地，平靜地下床。

走進園子，空氣好清新，她伸腰作深呼吸，仰首只見碧綠的葉子張開翅膀飛滿葡萄架，漏下星星點點的陽光。屋主正在遠處給欄杆髹油漆，看見她，馬上停下來揮手打招呼，大聲說：「早晨。」

他把泡好的茶放在桌上，也揮揮手：「這麼早開工？」

「沒辦法，」屋主指指樓上：「老闆要我做就得做。」

「老闆？」

「不然不給飯吃呀！」

這時樓上有個女人叫嚷，聽語調似乎在責備他。屋主笑哈哈的重新拾起油漆刷子，於是他們明白，那是他的老婆，正在陽台上，説不定一直在監工。

偶然聽到樓上的人聲，有大人也有小孩的，語調鏗鏘、愉快、直率，無遮無掩的流露，是過好了今天又等着明天的氣息，有點疲憊又帶點喜悦，似乎一瞬眼所有果子都熟透了都忙不過來。

不一會，不曉得油漆鬆好了沒有，或許「老闆」走開了，屋主又溜到他們面前，開始描述附近的景點，教他們如何坐船去別處玩。可能他覺得向客人介紹這個地方是自己的責任，努力地組織句子，邊想邊説，指指點點，眼睛都瞪圓了。花貓看見他們吃東西，也來了，大概怕貓跳到欄杆上，屋主跑去趕貓。他趁機轉過頭説：「不管怎樣，我們出去走走吧，別害他沒飯吃了。」

「去哪兒？」

「隨便，附近有不少地方可去，城堡、公園、碼頭……」

「我不要去城堡。」她堅決的説：「城堡都是那個樣子，陰陰森森的。」

於是去了碼頭。她驚魂未定,一路上,緊緊捉住他的臂膀。有人說,惡夢不要講出來,否則夢境會變成真的。她努力忍住不提,但心亂如麻,彷彿仍在夢中。

她走得慢,他盡量拖慢腳步配合,來到碼頭已近中午。港口有一艘大郵輪靠岸,堤上人影紛紛,她又想起了城堡裏的遊人,心慌慌的想找個地方躲。他也想歇息,抬頭見一家小餐廳,就進去了,坐下來馬上拿餐巾去擦手臂上的汗,她這才看到他的臂彎給自己弄得一片通紅。

店裏沒有甚麼好吃的,看圖片他們點了意大利粉,放了好多番茄醬才有點味道。

吃過中飯,午後的太陽火熱,把人曬得很累,於是回去休息。經過海鮮小店,見屋主靠着玻璃櫃跟他的老友在喝啤酒,一人一瓶,正仰起頭猛灌,沒察覺在行人道上的他們。不知他髹好了油漆沒有,或許老婆不指派他幹點甚麼,他就溜出來喝酒吹牛。走進園裏,看見一個中年女人拉着狗下樓梯,大概就是屋主的「老闆」。

「老闆」的打扮很特別。身上一套黑色運動衣褲,腳踏人字拖鞋,淡褐色的頭髮分成一組組,每組頭髮打一個小圈,以髮夾定住。遠看,她的髮型像一個菠蘿,很奇特,不知是甚麼風格。「老闆」有一張俏麗的臉,雖然有皺紋,一雙大眼睛仍是亮閃閃的,看見他們,很熱情的打招呼。

她的英語比屋主更糟糕,說不了幾句,大家只能展露笑容

表示友好。

「老闆」向樓上大叫，沒多久，一個女孩端着一碟蛋糕下樓，微笑着遞給他們。

他們很意外，太熱情了，唯有不停的道謝。「老闆」指指自己，又指指蛋糕，意思應該是她做的，然後擺擺手，拉着狗下去了，可能去找她的老公。

屋主哪怕沒飯吃，或許正在老友的店裏吃新鮮的。

小睡片刻，屋裏太悶熱，他們把飲品零食搬到園裏坐下，各自拿手機消遣。臨近黃昏，看到屋主夫婦下樓，竟然打扮得像王子和公主。體形高大的屋主梳理整齊，穿着白襯衣、西褲，腰板挺直，想不到他挺帥氣的。「老闆」的頭髮散開了，棕色髮絲鬆鬆捲捲的垂在肩上，原來剛才她在做頭髮。她換上一條淺藍色的長裙，體態迷人，又化了妝，非常的明艷嬌美，像雜誌上的明星那樣大方地向他們揮手。他們立刻舉起手機拍照，公主一扭腰撒開裙子，擺個姿勢，王子馬上摟着公主，毫不羞赧地配合着，兩人臉上都眉開眼笑。

她衷心地稱讚公主：「你好漂亮！」

公主開心地道謝。

王子走過來說，朋友生日，他們要去赴宴，手裏搖着一條鑰匙，瀟灑地去車庫取車，不忘囑咐：「你們出去也不用關大門，放心玩，這裏沒有黑手黨的。」

王子和公主的車在落日中遠去，一切復歸寧靜。這時海面

升起一層霧氣，滋潤了山色，零散其間的樓房若隱若現，看來又像回到了西貢。

「他們似乎也退休了，這樣的生活挺好的。」她的語氣帶點羨慕：「有一天我們甚麼地方都不想去了，我們就在西貢辦一個民宿，像這家人那樣，在園子裏種點無花果、葡萄。我們住樓上，樓下租出去。那時，我可以天天向遊客介紹香港的風景。」

「別做夢了，遊客去香港只會住在市中心買東西、吃吃喝喝，誰會跑去行山看風景？」他一向講話行事都遷就她，這時不知怎的，語氣竟有點放肆，或許他已經累得搞不清自己究竟是Raymond阿文還是陳偉文了：「再說，我們買得起西貢整幢房子嗎？」

她沒哼聲，看來，不止是惡夢，美夢也不能講出來的。

見她不作聲，他馬上改變了語調，安慰她：「退休最好，甚麼都不用做、不用理了，難得清閒，你喜歡西貢以後多點去好了，比跑到這裏來容易得多。」

不是這樣的，但她又說不出來究竟是怎樣。

她掂起一顆無花果，幾塊爛糊糊的腐肉竟隨着她的動作甩在桌面，濺開血汁。她大吃一驚，她的手怎麼了？攤開雙臂翻來覆去的檢視。他有點奇怪：「幹嗎？」

她沒答理他，循着血路，回到那盤無花果，原來已變成軟塌塌的一堆，底下有些還裂開了，血肉模糊的流着紫黑色的汁液。天氣太熱，果子熟過頭，爛掉了。

才不過一陣子。

她深深的嘆一口氣。

他立刻去清理現場。

這麼好的東西，可惜了。

她心裏説。

電話裏的風波

電話裏的風波

你知道，總有一天，再尖銳的物件都會磨圓，鐵柱磨成針，山成了平地，石頭變了灰，何況人？甚麼都是磨出來的，磨磨磨，真累！但沒有別的辦法，我也不想這樣⋯⋯

——你想怎樣——

你以為我天生如此婆婆媽媽？我本來很有個性，活得多采多姿，芝麻綠豆的小事怎會放在眼內！如今日復一日，甚麼都變成芝麻綠豆，不喜歡也沒有別的。你知道，他這個工作，不停的出差，老不在家。我一個人呆着，每天都好長好長。把小孩送去學校，之後沒事做了，出去喝咖啡，喝到胃痛仍未到中午⋯⋯

——你應該吃點東西——

我天天看日曆，新舊曆都看，甚至老黃曆。碰上節日、紀念日或生日就打電話給他，提醒他，說不準他一時高興提早回來。時間走得好慢，在家對着電視機，全是些山崩地裂天災人禍的畫面，再加恐怖分子。我多希望一抬眼就是幾十年之後，一切都過去了，兩個人頭髮都白了，手拉手的坐在那裏，坐一

整天也無所謂，像我的鄰居，但原來只過去了一小時。你知道，晚上也睡不好。夜，比白天更長。我盼着天亮，通宵輾轉反側，床被仍是冷的；到天亮了，又以為天黑會好過一點……

——這麼多時間，來中心報個名吧。有很多科目：不喜歡寫可以畫，不想畫可以唱歌，甚麼都不感興趣可以當義工，你就不會老盯住那些山崩地裂天災人禍——

哪還有這個心情！我要等電話，電話一響，是他，我立刻忘記之前的爭吵，洗洗弄弄不停的收拾，特別跑去買盤子、買杯子、點上蠟燭，希望氣氛愉快大家可以回到從前，邊吃邊聊，甚至相擁而睡。小孩子以為過節，好興奮，坐在那裏等，等到睡着了，他仍未到家。菜都涼了，我的心也涼了。半夜他酒氣薰天的進門，我實在控制不了情緒，越講越大聲。他嘿嘿冷笑：別叫！你會吵，我就不會吵嗎？大手一揮，整個桌面的杯盤碗碟全落到地上……

跟她講電話，我沒有多少機會開口，回應都是硬插進去的，是很想勸勸她，忍不住衝口而出，末了我總筋疲力竭，再也提不起勁，就說我都知道了。這些話我已聽過不少次，其實她並不在乎我的想法和反應，她是自說自話，重複又重複，只想把糾纏心間的東西抖出來，像被酒精毒害的人，種種矛盾翻攪到盡頭，再沒有去路，就想嘔，非要吐個一乾二淨不可。我不過是一隻垃圾桶，聽到手瘦了，換過另一隻手，有時乾脆把

聽筒擱在小几上，她也繼續説。

我們不常見面，卻天天通電話。過程是這樣的：有天，我在活動中心的圖書館裏複印習作，聽到背後有人走來走去。公眾地方，這本來很平常，全因為那高跟鞋，啪啪得得敲在地磚上，響亮而迷亂，找不到出口似的。天氣冷，這裏的居民甚少穿高跟鞋，我忍不住回頭一望，竟然是個東方人。大家打個照面，都一怔。她立刻朝我走來，交談之下，發現彼此同聲同氣，她異常興奮，彷彿在荒島上遇到另一個人，站在那裏不走，又要求交換電話號碼。當場，她已掏心挖肺的講個不停，巴不得分享所有喜怒哀樂：「這裏好悶，你怎會留在這種地方的？」我怔住了，因為從來沒想過這個問題。她也不等我回答，滔滔不絕的往下說，她那邊，全村只有幾百人，路上鬼也沒一隻，買根麵包都要跑兩公里。以前，她活得多麼充實，在大公司當秘書，打扮時髦，下班做運動、行街購物、泡蘭桂坊，就是在蘭桂坊認識她的丈夫，天天都送玫瑰。她以為在歐洲生活很浪漫，於是嫁給他，沒想到小鎮如此無聊，打開窗山坡上只見到牛……她講得又急又快，句與句之間壓縮得幾乎沒有空檔，生怕不夠時間講完似的，旁人根本插不上嘴。大家是初識，我能做甚麼？盯住她描眉擦粉認真打扮過的臉，應該年紀也不輕，不是滿腦子幻想的小女孩，或許仍在適應期，過了這階段情緒會比較穩定。圖書館不是聊天的地方，而且上課時間已到，我就離開了。之後，她幾乎天天都打電話給我，事無大

小，吃了甚麼喝了甚麼換了哪個牌子的洗衣粉，甚至她的丈夫患上牙齦炎我都知道了。每晚，她算準我已吃過飯收拾妥當閒得下來，電話就響，似乎不用語言把日子重述一遍，她就不知道自己是怎麼過的。

有時，我想靜一靜，享受片刻不管真假總之無事發生的安寧，假裝沒有人在家。很快，我就隱隱不安，想起很久以前曾有片面之緣的一個上海女子，她穿着纖綿旗袍甜蜜地靠在稻草色頭髮的情人身旁，臉如粉荷，烏絲流瀉一肩華麗不可方物，就像漆器上的仕女。後來聽說她為情自殺，沒救回來。我難以想像濃墨重彩的一個人會泡沫般的消失，打扮如此刻意，生死竟然看得如此輕？應該是不甘心的，或許她就穿着那件旗袍上吊，紅色繡花鞋鐘擺那樣垂在衣衫下。要緊關頭，她連說句話的朋友也沒有嗎？或許初時也不至於尋死的，以為嚇嚇她的情人，不知怎的就死了。

我忽然汗毛直豎，馬上把電話撥通。

怎麼沒接電話？在洗手間？我猜也是。沒聽你提過有約外出，也不可能這麼早上床。剛才我喝了點酒，喝着喝着也有大半瓶，不然，真想趁小孩睡熟了開車過來找你聊天。不過十多公里，很快的，一下子就到了……

——千萬不要！這樣太危險了——

後來一想，說不準他突然回家，你知道，這也不是未試

過。他是掛念小孩的，半夜回來，第一件事就是輕手輕腳的跑到小床邊，親他們，看似捨不得再離開的樣子。我躺在床上，以為他跟着進來，一切又重新開始。可是他整晚坐在客廳裏抽煙、喝酒，天一亮就跑掉，沒有入房跟我講過一句話。我難受得好像給人剁碎了餵狗，我有這麼討厭嗎？你知道，以前他每天都送花給我……

——不要老是跟以前比較，以前是以前，現在是現在——

他工作忙，時常要出差，不是坐辦公室就是長途飛機，總是趕到最後一分鐘，除了胃病還有皮膚過敏，醫生說是壓力造成的，這更應該多點回家休息呀！我做飯，他不吃；煮了湯，又不喝。銀行月結單顯示，他時常住酒店，出差當然免不了，但有些酒店離家並不遠，為甚麼不回家呢？再累也不在乎多走幾步路吧？看見他眼窩瘀黑滿臉憔悴的殘樣，我又心痛，忘了種種不合情理的事，柔聲問他為甚麼要住酒店……

——這你就別問啦——

他不哼聲。再問，才冷言冷語的表示三更半夜不想驚醒我們。我說一家人，無所謂的。他很不耐煩，把頭塞到椅墊間，支支吾吾的說開會講了一天如今不想再開口。他要圖個清靜，我唯有由得他，我明白他們洋人是很情緒化的，希望他不是得了憂鬱症……

——洋人也是人，翻衣袋翻月結單追蹤行跡的事你心知算了，還要逐一對證，這不就是興師問罪嗎——

　　婚都結了，還分甚麼彼此？都不需要隱瞞的，這怎算侵犯隱私？我這是關心他。

　　她沒有認真琢磨我的話，興沖沖的往下說。這種關心方式對重視自我的西方人來說是大忌，對於他們，彼此不合適的最佳辦法就是分手，絕不會削足適履的。我拿着聽筒太累，於是按下電話的揚聲器，讓她自己說下去。即時，整個空間全是她的聲音，連電視新聞都蓋過了。

　　有天進門，我還未換上拖鞋，電話就響了。

　　記住，要是今晚十二點之前我沒有聯繫你，一定要打電話給我，看看發生甚麼事。

　　——會有甚麼事？——

　　你知道，除了你，我在這裏沒有別的朋友，平日根本沒有人會打電話給我。今天忽然接到一個奇怪的電話，是一個女子，告訴我她是我丈夫的情人，號碼是從他的手機裏找到的。她說，我丈夫有很多情人，她這就是要告訴我她們的地址。我不相信，我說我的丈夫很忙身體又不好沒可能發生這種事，他脾氣古怪也沒有人會喜歡他。女子說他那些情人全是網上結識的，一直通過網絡來幽會。我就問她為甚麼要告訴我這些秘密？她說為我感到不值，因為，她一直以為我丈夫只有她一個情人，後來發現還有別的，覺得我和她是同一陣線，要聯合起

來去對付她們。

──你冷靜點，可能是騙局──

我也不信，所以要去對證。我不能帶着孩子去，這樣太危險，我不能讓孩子們遭到任何傷害；二來我怕他們看見爸爸會大聲呼叫，把人都嚇跑了。我等他們吃過晚飯上床，叫鄰居照應一下，然後自己靜悄悄的出門。

──你這太冒險了，萬一有事怎麼辦──

所以才要你打電話給我呀，如果我一直都不接，肯定出事了，你就報警，待會我把那個地址告訴你……

──我這電話能解決甚麼問題？不如我和你一起去吧──

要是兩個人都沒回來，誰報警？你還是別去，我會小心行事的。

聽完這電話，我的心亂跳。我習慣了平靜的生活，神經太脆弱，受不了這麼複雜的事情，不曉得發展下去該如何收拾。我又沒報過警，不知如何報警，這事說得清楚嗎？應該從哪一個階段開始？怎樣跟警察解釋？我整晚心緒不寧，甚麼都做不了，幸而未到十二點電話就響。

我回來了！冷死我了！我是跟着導航儀走的，離我家不過幾十公里，不算遠。到了目的地，我不能把車停在房子前面，那太顯眼了，而且他認得我的車。於是停在路口，然後輕手輕

腳地走到房子旁邊的樹叢後躲着。當時屋裏烏燈黑火，不知有沒有人。等了好久，大冷天，地上還有積雪，我都快凍僵了，終於有一個窗子亮了燈，是個客廳，牆上有畫，餐桌上有花，情調挺好的，分明就是一個家。沒多久，一個長髮披肩的女子走進客廳，後來，他真的出現……

——或許他去探望親戚、同事、朋友——

這個鐘點探人？又不是週末！你知道，他不是這類人，他一年不過去看他媽媽一兩次，還未必入屋，跟她在外頭吃頓飯就算了。你知道，他是個工作狂，不喜歡應酬，從來沒有在家請過朋友，也沒人請他。新婚階段，他比較多留在家，也不過在園子裏曬太陽，喝啤酒，曬完一邊曬另一邊。我怕曬黑，又想陪伴他，叫他給我打開太陽傘，他說你就留在屋子裏別出來吧，真是天生的孤獨鬼！

——他不是常去蘭桂坊趁熱鬧的嗎？或許真性情你沒看出來——

他是怎樣我還不知道？他泡蘭桂坊，不過為了喝酒，他是個酒鬼，快斷氣了灌他幾杯就活過來了。不過他喝了酒比不喝酒可愛，又唱歌又送花，很會哄人的，不然我怎會嫁給他。平日他冷冰冰，總是跟公司的人吵架，説他們工作不認真，出了問題又要他去補鑊。他發脾氣辭職，老闆趕忙加工資留他，很多同事看不順眼的。他到處樹敵，我也為他擔心，你説這樣的人會有情人嗎？不過你放心，我明天打電話給那個女人瞭解情

況。她是個單身女子，她説的，似乎知道很多內情，至少這個
地址是對的。

——你只用自己的方式去理解他，跟着打算怎樣？老婆跟
情人聯手調查同一個男人？太荒謬了吧——

詳細計劃我想好了再跟你説。我會請個私家偵探，這個女
人，當然也得調查。或許需要你幫個忙，因為有些場合，可能
我不方便露臉……

我一聽，幾乎昏倒。這麼一個小地方，下場大雨刮個風
已是新聞，要動員到私家偵探？從頭到尾，整件事都是她從電
話中告訴我的，像個無線電廣播連續劇，除了她本人，其他角
色我都沒見過，會不會是她自編自導自演？我要參與她的行動
嗎？我幫得上甚麼忙？這實在太複雜，不是我能勝任的事情。

明天還要工作，我得趕快去睡覺。但睡也睡不穩，夢中，
只見她在一扇巨大的玻璃窗外，背後無星無月，點點抖動的幽
光不知是鬼火還是螢火蟲。她不停的拍打玻璃，嘭嘭作響，似
乎要闖進我的夢裏。奇怪！玻璃是很脆弱的，這樣下去，早晚
被擊碎，然而它又好像帶點韌性，不曉得這透明物料是甚麼，
承受着一下接一下的震盪，卻撐持得住。我該讓她進來還是由
得她繼續狂打亂拍？我在睡與醒之間掙扎，彷彿躺在山脊上，
險險地，感覺隨時會向左邊掉下去，或往右邊掉下去……

學期結束，私家偵探仍未出現，因為打開窗只見到牛的地

方沒有這類專家，得要到外地請，但價錢又談不攏。我馬上安
排了一個悠長的旅行，即使在旅途中昏昏欲睡也沒關係，我實
在太累了。

阿麗

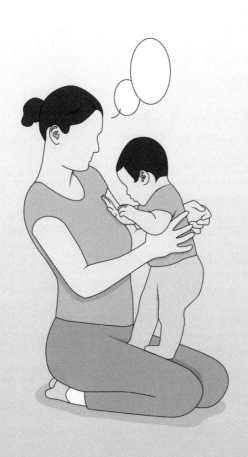

阿麗

「阿累！阿累！」

「阿泥！」

她靈巧地應了一聲：「來了——」

她知道他們在呼喊她。她也知道，「你講乜嘢呀？」的意思是——你說甚麼？「你做乜鬼呀？」並非說鬼，而是——你在做甚麼？

開始時大家都辛苦。雖然見多識廣在深圳做過生意的老闆能準確無誤的叫她「阿麗」，但很多時都「搞唔掂」，要用紙筆溝通，兼為聽寫都不行的小孩當翻譯。時間長了，彼此漸漸摸索到一套方法。生活不過就那些事情：吃喝拉撒、上床下床、進門出門、穿衣洗衣、尋找物件或把物件放回原位、異常的日子不是生病就是節慶……他們讓重複又重複的活動形成軌道，逐漸運作良好。她又不笨，憑臉色就猜得中他們的心意，眼光落在那個物件跟着就是那個事，不全中也差不遠。他們要求她教小孩子講普通話，結果是她從小孩那裏學會了「你講乜嘢呀——」

這個家，是噪音的演奏廳，大人用廣東話吵架，小孩嘰

嘰咕咕吵架。初時不明白，後來才知道，原來不是吵架，是講話。老闆下床牙不刷臉不洗就開電視機，屏幕超大，是衛星轉播的節目，有時看電影，她聽不懂，就只見打呀殺呀無厘頭，嘩嘩叫似乎一屋人在奔走呼喊。他們家經營的餐廳就在樓下，夫婦倆看一陣下樓，沒事又上樓繼續。電視太吵，大家把嗓門越提越高，近乎尖叫。餐館抽風機的馬達就安裝在窗下，靠後院那邊，響得像飛奔的汽車，她還以為房子蓋在高速公路上。就這樣，每天轟轟烈烈的開始，又轟轟烈烈的結束，睡夢中耳膜還響着餘震。

　　她的工作主要是照顧三個小孩。未會走路的嬰兒不停的哭，飽又哭，餓又哭，日又哭，夜又哭。一早帶兩個大的上學，幼兒園就在路口，跟着要立刻趕回去餵小的吃奶。為了止住他的哭泣，有時要抱着他搖來搖去從屋頭走到屋尾。他肯睡了，趕快把他放到小床，然後收拾他們滿屋的玩具、髒衣服、圖畫書，快手快腳的洗掉滿桌的杯盤碗碟，清理浴室，把周圍粗略打掃一下，才能開始處理那堆桌布。每晚，老闆娘都捧一大堆髒了的桌布上樓，讓她第二天洗熨。嬰兒隨時驚醒，哭得像見了鬼，她不馬上撲過去抱起他，就會有人大叫：「阿累！阿累！」「阿泥！」或「阿麗！」兩頓飯是不用她做的，也沒時間做，樓下煎的蒸的炸的都有，她做的菜又鹹又酸還不對人家胃口。還未忙完，小孩又下課了，得趕去接。老闆開工不能把嬰兒獨留在屋，她邊推着嬰兒車，邊盯緊兩個左蹦右跳的小孩。

下雨天還好，怕淋濕嬰兒他們會代為照顧一陣子，不然走一小段路都累得她半死。兩三個月下來，她連這個小鎮是甚麼模樣都不知道。所謂風景，就是沿路的花花草草。

她估量不遠處有河。那河若有若無，蛇樣的閃過鬱綠的地面。河邊有樹，葉掉光了，光禿禿的豎在冬日淡薄的陽光裏，枯柴似的一根挨着一根，到盡頭聚成一個灰濛濛的林子。這景致她還是在院子裏晾桌布的時候才得空看一眼，相信再走遠些也不會有甚麼新發現，也沒有這個欲望。她在人擠人的城市生活慣了，無邊無際的空曠只教她心慌。附近幾戶人家很早就關燈，日出遲遲，四野烏燈黑火，沒丁點聲響。這極端的「靜」似乎有體積，而且是厚重的、笨鈍的、水銀似的灌進耳朵裏，沉沉悶悶，嗡嗡鳴震，在腦袋中集結成一團。她這才明白，他們在室內生出一個極端的「鬧」，就是為了跟這「靜」對抗。浮躁的雜音與頑強的寂靜互相廝殺，爭奪空間，彼進此退或此退彼進，人在兩極的夾縫之中掙扎，這才有點活着的感覺吧？

郵局也未去過，信寫好了交給老闆娘去寄。到底寄了沒有？她一直未收到回信。有天她偷偷撥了一個長途電話，就講了幾句，沒想到還是被他們發現了。原來電話單上看得出記錄，結果第一個月就扣了她的工錢。不過一個電話！這麼貴？她不服氣。老闆娘給她看電話單，有號碼有時間，也不是冤枉她的。老闆替她買了磁卡，教她去外面打長途電話。怕警察起疑，不能去市中心，老闆帶她從後院的小門出去，走小徑，繞

過幾戶人家，來到林子邊的停車場，那裏有一個公眾電話亭。
他教她怎麼打電話，那語氣不知怎的跟在家裏不一樣，平日乾
巴巴的聲調似乎長了肉，柔軟地從口腔裏吐出來，舌頭似的，
湊到她耳邊。她奇怪地抬頭一望，見他只顧盯住自己的胸口，
她動他的視線也跟着動。

熱辣辣的氣息噴到臉上，越靠越近，看勢頭快要抱住她。
正考慮如何閃避，忽然手機轟天動地的大響。好像有人打了他
一巴掌，醒了，粗聲大氣的回應。關掉手機，他一聲不哼的轉
身離去，應該是老婆找他。

後來她自己去。她一星期只准外出一次，工作暫時放下，
算是休假。小徑通常沒有人，間中有居民在附近跑步，往樹
林去或從樹林那邊回來，只要這人在她的視線範圍內超過兩分
鐘，她就會停住，拐進彎角暫避，等他走遠了才折返小徑上。
天曉得他是不是便裝警察？她心裏非常清楚，萬一有天她被抓
住，老闆一定說不認識她這個人，跟他毫無關係，從未見過。
她亦知道，要是那天她出門之後再沒有回去，也不會有人到處
尋她。

只要黑影一閃，她立刻提高警覺，看真了原來是隻嬉玩的
烏鴉。

那麼緊張，仍是要出去打電話。她憋着滿腔話，在肚子裏
上下鼠竄得難受，快管不住自己的嘴，也顧不了危險。

＊　　＊　　＊

　　她不明白，這些小孩為何要吃這許多東西？一瓶二瓶，全放進鍋裏一頓煮不就成了？真是無事找事！紅的白的褐的糊糊分放各種玻璃小罐，熱好了，吃完這個，又得吃那個，到肚子裏還不是攪成一團！她自己的孩子，只吃米飯長大，不也長得又肥又壯！別以為她手裏拿着吃的小孩看到了有多高興，只要她捧起托盤現身，他們就像老鼠瞧見了貓，跑得飛快，得追上前強迫他們張嘴。要是吃了一半，把剩下的攔一旁，老闆娘看見了又有話説。雖然她聽不懂，但那意思她是明白的。她逼急了，抓住他們的脖子餵，小孩嘰呱大叫受着極刑似的。大家掙扎一番，彼此都筋疲力盡。後來為了省事，她把剩下的東西全吃掉；也不是甚麼美味，不過就甜甜的，淡淡的，吃不吃都無所謂，不曉得他們緊張些甚麼。

　　那小的最累人。老闆娘説：「電視上教人每天要吃五種蔬果。」三個小孩，豈不是要吃十五個？老闆娘每天都提一大籃水果上樓，但小孩不要吃，他們只顧着玩。她把水果削了皮，切成小塊，滿滿的一大盤放在桌上，不停的催促他們：「食生果！食生果！」那小的沒長好牙，吃不下，得要把水果榨汁。橙和柚子還好弄，那蘋果沒多少汁，時間長了，桌上那盤水果都長了鏽，香蕉尤其難看，小孩更不肯吃了。

　　不停的吃，一家人卻長得精乾板瘦，特別是老闆娘，扁扁的像根榨過汁的蔗。收工之後，兩夫婦一邊看電視一邊吃零嘴：花生米、土豆片、辣豆、炸雞翅、牛肉乾、魷魚絲、蜜餞

水果……各吃各的，有時其中一個睡着了，另一個也不理，自顧自的繼續，像電影院裏的陌生人。直到三更半夜，都撐不下去了，兩個人先後回房倒頭大睡，也不收拾一下，留下滿茶几張開大口的小包小袋、瓶瓶罐罐。第二天，小孩起床之後就圍在那裏亂翻，她忙着要這個喝牛奶，另一個就偷偷塞了一把甚麼東西進口，最後那些麥片粥都是她包銷的。

　　因為正餐沒吃好，小孩成天到晚都喊餓，黃黃瘦瘦的像幾隻毛髮稀疏的小雞。為此大人搬出更多的東西給他們吃，無奈都不得他們的歡心。「阿累！」「阿泥！」「阿麗！」的叫個不停，都是為了吃或不要吃的。廳子裏的餐桌像一隻奇大無比的胃，永遠有食物，攤着各種顏色的杯盤碗碟，是上一頓留下來的或是下一頓的開始。

　　稍為收斂的時刻，就是那年輕人來做賬。電視關了，亂糟糟的桌面清爽了不少，為了騰出空間讓人家放手提電腦和文件。一見他，老闆夫婦就多話起來，幾個人嘰喱呱啦的聊得好興奮，後來才知道他們都是香港來的。老闆娘不停的端來點心，空出的桌面漸漸又被那些春卷包子糕點填滿。年輕人很有禮貌，看見她，也點頭打個招呼，沒當她透明。她回以一笑，給他倒杯熱茶。有次她在熨桌布，他走過來說：「可不可以借熨斗用一下？沒帶傘，外衣給雨水打濕了。」普通話竟然講得挺不錯。她說：「衣服交給我好了。」他要自己來，她一手搶過外衣：「別客氣！」他有點不好意思，道了謝。後來見面多了，趁

老闆夫婦在樓下開工，她逗他聊天，讚他的普通話講得好。他笑笑，説是女朋友教的，又説是工作磨練出來的，公司派他來是因為其他同事不會廣東話，老闆辦的是投資移民，特別多文件要處理。真奇怪，有錢投資，還移甚麼民？她以為沒錢的人才要離鄉背井的出去打拼，有錢還不留在家裏，過些要風得風要雨得雨的日子！

每次，老闆娘命令她：「執枱。」她就知道這小伙子要來，收拾得特別用心，把吃剩的東西放回櫃子裏、冰箱裏，用洗潔精把桌面擦了又擦，再摸摸肯定沒有醬汁油漬沾手。看見他，不知為何那天的心情就特別好，或許是想起自己的兒子，有天把書唸好了找份正經工作，就像這個年輕人，她再苦都值；也或許是講了幾句話，人放鬆了，一切都沒那麼討厭。

樓上雖然不做飯，也有一個小廚房，配備了基本設施諸如微波爐燒水器之類，方便他們隨時泡茶泡麵翻熱食物。廚櫃裏塞滿大大小小的盒子。這些講不出名堂的東西或許過了期或許還生效，但新的不斷進來，舊的就只能往裏擠，像擠車一樣，塞塞塞……櫃門一開就有東西掉下來，撿起又再塞。有一次，她看見一隻小孩的襪，夾在兩個盒子之間，淡淡的粉紅色像一截舌頭，正向她扮鬼臉。她也懶得理，要收拾也不知從何收拾。後來那襪子繼續前行，像一個往裏爬的小孩。再後來，襪子不見了。小孩吵鬧着不肯吃東西的時候，她真巴不得他們一個個爬進櫃子裏消失。

　　她這裏一口那裏一口的，嘴巴和手都沒停過，似乎吃也是她的工作之一。只要她覺得有些甚麼不能留在桌面或在垃圾桶裏出現，不是往櫃裏塞就是往嘴裏塞。幾個月下來，發脹的胃就像那個廚櫃，撐得她睡昏昏的，褲腰一天比一天的緊，顯然長胖了不少。食物在她身上發揮得非常好：油脂使她的皮膚像剛蒸好的豆腐，蛋白質變成又厚又軟的肉，在領口袖口胸罩邊沿滿滿的冒起，糖分使她讀書不多的眼睛亮閃閃。她的膚色越來越白，頭髮眉毛卻比以前更濃更黑，在這家人之中，完全是個異類。有一天，她洗葡萄給小孩吃，捧着一顆顆繃亮的紫紅色在水龍頭下沖。老闆娘嫌她太浪費水，一邊呢喃着：「葡萄要放在大碗裏洗……」一邊伸手過來關水。老闆娘乾瘦的掌像隻雞爪子，她吃驚地盯着自己那雙濕晶晶的白雲豬手。

＊　　＊　　＊

　　她餓過，餓得胃消化着胃，開頭是捨不得花錢，後來是無錢可花。問黃靜借過好幾次，不停催促黃靜給她找工作，黃靜支支吾吾：「最近抓人抓得緊，除了罰錢老闆還得坐牢，誰都不敢聘用黑工，不好找。」被她逼急了，黃靜含糊的說：「有一家按摩院，有後台的，不知你怎麼想……」她說按摩院就按摩院吧，她一不怕髒二不怕苦，做得來都做，不會做的她肯學。上工第一天才知道原來是給人摸的，她餓憒了，被那些糟老頭子摸了幾天，因為不肯提供進一步的服務，老闆也沒為難她，只

説：「你又不年輕又不漂亮，這又不行那又不行，還跑出來幹甚麼？早點回家去享福吧！」隨便給點錢打發她走了。捱了一段日子，餓得實在不行，厚着臉皮跟人去墳場那邊排隊領救濟湯。入黑之後，廣場上一片影影綽綽，沿着圍牆的燈光幽暗，遠看不知是人是鬼。

她悲傷地想，自己隨時就在圍牆的另一邊；再想，真躺在裏面還得有點福氣，至少有錢，墳地好貴的。派湯車出現，她亂紛紛的腦袋立刻靜下來，只有一個想法：馬上去排隊。拿到熱湯，跟老鄉圍成一圈，呼呼地喝着。她只感到一股暖流，從嘴巴經過食道，到胃裏，到腸子裏，轉了好多圈，落到腳底，再傳回心中，她的力氣又來了。

繼續跟黃靜糾纏：「你給我找份正經工作吧，做牛做馬都行，就是不做雞。我不會欠你介紹費的。」黃靜被她逗笑了：「有一家人，鄉下地方，挺遠的，誰都不願去……」她説只要不拖欠工資，其他全不是問題。黃靜説：「他們講廣東話的，你行嗎？」她急於要錢，想也不想：「不就是些眼見工夫，有多難？還用人教嗎？」

黃靜本來跟她住同一區，大家同期下崗，也跟她一樣到處張羅，打零工度日。忽然她不聲不響的出國了，幾年後回去，那派頭跟電影明星一樣，看得他們都傻了眼。黃靜説在外頭當保母，錢多賺十倍都不止。當個保母就如此風光？哪個女人不會當保母？又不需要文憑的！那陣子他們正為兒子升學的費用

發愁，以前只要用功，窮人也可以讀書，現在沒錢甚麼都不用想，與其讓小孩出去打工，不如她自己去。她叫黃靜給她想辦法，找到個地方落腳，之後還她所有的費用。黃靜走了，黃靜的男人才說她回來是為了辦證件。「辦啥證件？」她好奇的問。「辦證件把閨女也弄出去。」男人從容的回答。那語氣，好像早晚也輪到他出國團聚似的。他當民工的時候傷了腿，之後再也不能打工。家是黃靜當的，都是黃靜拿的主意。沒多久他們就搬到新房子去，黃靜回來買的，男人忙着指揮工人修修弄弄，她看在眼裏更是巴不得立刻飛走。

　　上工之後，黃靜探望過她。一個外國老頭子用大房車送她來。老闆一見，像遇到了天仙，立刻招呼他們坐在樓下的餐廳喝咖啡。老闆娘不情不願的管着幾個小孩，讓她跟朋友聊幾句。本來只是個普通女工的黃靜，簡直脫胎換骨，坐在那裏像個甚麼人物。外國老頭子細心地給她的咖啡放糖放牛奶，她女王似的，很給面子的呷一口。黃靜向她介紹老頭子，是朋友，幫她弄證件的。她想了一想，突然間甚麼都明白了。黃靜把時髦的太陽眼鏡往頭頂上一擱，輕輕的把頭髮攏到耳後，手上一隻戒指流星似的在半空劃出神秘的紅光。那些苦日子在她化妝完好的臉上已不大看得見了，或是隱藏在眉眼間，趁她心神疲憊的剎那一掠而過。流離失所的人找到庇護站，掙扎多時的身心放縱地滿足着，吃着喝着，但充滿警覺性，像森林裏一邊扯啃着獵物一邊準備逃生的獸。

天氣還不算熱，黃靜穿着一條荷綠色的低胸連身裙，把北方女子白皙健美的體形發揮得很迷人。牆上的鏡子反映着黃靜的五顏六色，過分炫耀美麗也跟暴發戶一樣，在這格局平凡的家庭餐館裏，只覺咄咄逼人。她把一隻手伸到半空，給大家看手上那做得很漂亮的指甲：「剛做的，這個顏色應該挺配我這條裙子，好看吧！」

老闆滿腔熱情地走過來說：「好看！真好看！」

黃靜風情萬種的轉過臉瞅着他，嬌媚的問：「真的？」

他一臉的笑，看來快要昏了：「我像說假話嗎？」順手拉過一把椅子，看模樣打算坐下來跟她們一塊聊。還沒坐穩，他老婆在樓上大叫：「衛星不行了，快上來調一調！」

他不理，只顧盯着黃靜，老闆娘又叫，還有小孩一起叫爸爸。不得已，他依依不捨的推開椅子，到了樓梯口還溫柔的叮囑：「我馬上回來……」

不知黃靜甚麼時候學會這種本事。等他上去，她忍不住說：「你招惹他幹甚麼！」

黃靜吃吃笑：「不好玩嗎？」

她邊笑邊把玩着自己的手，滿掌厚繭消失了，但虎口還留着當年的工傷，淡淡的粉紅色像一個苦笑。定時的手腳護理把歲月的留痕按壓到深處，帶刀疤的木頭上了一層又一層的光漆，看起來也有點風采。

她這才說，這個男人已經不大安分，犯不着再在火上澆油。

「就是他安分也要把他搞得不安分！」黃靜瞪她一眼：「昏君才好擺弄，給他灌點迷湯就甚麼都行了，還不簡單！要是男人全像包青天那樣鐵面無私，還有辦法嗎？再說，不是你想哄就一定給你哄到的！」

她吃驚的盯着黃靜。人還是那個人，怎麼內部零件全換掉似的，變了超人，全身都是法寶，隨便放一種出來就能解決問題。

呆了片刻，她仍是不服氣：「這還算當保母嗎？」

黃靜撇一下嘴：「我不是這個意思。日子是你自己過的，你想怎麼過就怎麼過，總之不要怨，怨也沒用。做得下去就做，盡量讓自己活得開心點。真的不行，換個工作唄，有甚麼大不了！」

有甚麼大不了？甚麼都可以換，換個地方，換個家，換個人，還有心肝脾肺……她肯定黃靜回去跟她的男人離了！

那外國老頭子一直耐心的坐在一旁。他聽不懂，但嘴角保持着笑意。一杯咖啡喝完，再來一杯，顯然早習慣了這種情況。喝光咖啡之後他開始彈隱形鋼琴，擱在桌面的五隻手指輪流敲着，篤篤篤篤的有快有慢。

黃靜沒理會那老頭子。見她沒回過神來，又拿出新買的皮包、香水之類給她看，都是高檔的。她不懂，也沒這個錢去花費，口不對心的讚賞着。看時間小孩快要吃晚飯，隨時都有人大叫「阿累」「阿泥」「阿麗」。黃靜看出來了，轉臉跟外國老頭

子説了一句甚麼，他立刻很高興的站起來，不鹹不淡的説了一句：「再見！」

「還會講中文！」她很驚訝。

黃靜挨過來小聲的説：「做人何必那麼辛苦！我懶得學洋話，就讚他的中文講得好，他就拼命的用功……」

老闆再下來的時候黃靜已經走了。她在收拾桌面的咖啡杯，見他一臉失望，心裏覺得好笑。他真是無聊透頂！但一家人二十四小時守在一起，他能怎樣？困在這種三家村，度日如年，無事發生，即使有也不關他的事，大概活得不耐煩了。沒法走遠，他連窩邊的粗枝大葉都垂涎三尺。

這個男人，她越來越不順眼。當着一家人的面，不得不客氣的叫他一聲「老闆」。背着老婆，他頻頻送眼風，偶然經過不知怎的就倒在她身上，撞了邪似的。一見他，她就拉長了臉。他仍是笑嘻嘻，妖怪一樣，藏在門縫裏、嵌在鏡子裏、隱在柱後，隨時撲出來。

那瘦削的背影晃來晃去像根火柴，到處碰碰擦擦，就想刮出點火花。她心裏説：別以為我好欺負，我褲兜裏有把刀，你敢亂來，看誰先死！憑你這幾兩骨頭也沒本事把我殺了埋了。

＊　　＊　　＊

夏天仍未到，但天氣反常，突然間就熱了。房子被蒸曬了幾日，閣樓悶得像烤箱，她忙來忙去，鼻尖滴着汗。見老闆娘

穿小背心，她也穿背心。人長胖了，肉顫顫的，但她實在熱，顧不得好看不好看。她汗水濕了乾、乾了濕，衣服黏糊在身上十分難受，熬到晚上小孩都睡了，趕快到浴室洗澡。蓮蓬頭噴出清涼的水，她正痛痛快快的享受着，不知怎的，呼嘯一陣風，門好像開關了一下，跟着一個黑影黏在門板上。她大吃一驚，手足無措的困在嘩啦嘩啦的水中。誰？老闆？也沒細想他是怎麼進來的，大聲喝令他出去。那人兩眼煌煌的發光，嘴角微抖，那勢頭似乎在試探、在等待、想趁機行動……看得出他也有點怕。她忽然升起一股無明火，隨手抓起身邊的東西，連桶帶水向他兜頭兜臉的擲過去。水花爆放，黑影泡沫似的消失了。她氣憤地穿上衣服，身上還是濕的，出去一看，廳子裏一個人也沒有，只得那電視機在自言自語。

她呸的吐出一句：「下流！」聽起來就像連續劇裏的對白。

她滿腔怒火的回到睡房，心裏像一鍋燒開的滾湯，咕嚕咕嚕的冒煙。

她跟小孩一個房間，不怕他竄進來干擾，但給人佔了便宜，她氣！窗外無星無月，一片黑，她亮了床頭燈，邊擦着身體邊找乾衣服。抬頭，看見赤裸裸的自己反映在窗玻璃上，又白又亮，在深不見底的夜空裏像盞花燈。她奇怪這身體怎麼會是她的？這洗衣做飯忙了幾十年的身體，從沒細心理會，不飽不餓的時候幾乎感覺不到它的存在，不知怎的就歸她管理着、使用着。

突然，老闆娘在外頭大叫：「作死！頭先邊個沖涼？滿地水！點洗呀？」

乾巴巴的聲音，讓她想起小背心下那瘦骨嶙峋的軀幹，像個營養不良的飢民。

水簾外的男人又在腦海中浮現，那死死盯住她的眼光，餓鬼似的，似乎想咬她一口。

一個隱隱約約的感覺冒起：一個泥灘，不去搞亂它，表面還浮着點清水，還活得下去；既踹了一腳，立刻就渾濁了，只會越來越不清不楚，往後肯定還有事。

誰都靠不住，包括黃靜，看似抓到一個老頭過着神仙日子，還得看上天讓他活幾歲，說穿了大家都是朝不保夕的。不知怎的，她時常想起那做賬的小伙子，覺得只有這人是踏踏實實的活着，能夠把握到自己，每天都有奔頭。他埋首工作的神情是如此專注，心有所用，整個世界穩穩的定在椅子上。跟他一比，其他人全是足不沾地的幽靈，輕飄飄，惶惶不可終日。

再想，她要賺多少錢才夠？回去買房子？等兒子完成學業，回去抱孫子？她的男人就相信她一直當保母？時間長了，他們還能一起過嗎？她垂下頭，緊緊的抱住自己，開始瞭解黃靜。日復一日，她們越走越遠，漸漸沒有了退路，都回不去原來的世界，乾脆活一天算一天，自己找樂子！

聽說，一個無證者，在街上被警察尾隨，慌亂中逃回住處。警察拍門，她害怕得爬出窗口，沒想到失足跌死。

　　這還是上了報紙、下落分明的。無證件的人，像她，把原來的護照也扔了，沒有任何身份證明文件，是一個失蹤人物，人間蒸發亦無人曉得。現實社會中他們是不存在的，在哪個社會中都不存在，但這不存在又允許他們繼續存在下去，照常在這個世界上行走。他們有血有肉，在陽光下熱烈地活着，天天吃着喝着，飽着餓着。沒有了身份，他們的形更頑強，更誇張，有一股原始的野氣，像山間橫蠻的花草，從開天闢地那刻一直掙扎到今天。

　　阿麗，每次在電話亭打長途都用掉一張磁卡。星期天，父母都跑過來看孫子，偶然還有其他親戚。她喜歡跟他們逐個聊幾句，聽聽這些熟悉的聲音，他們那熱烈的回應讓她覺得自己就擠在他們之間，被許多人惦記着。她很開心，覺得世界上有這樣的一個家是值得付出任何代價的。她很開心，瞇着的眼睛彎彎的，看來在笑，淚水卻沿着魚尾紋往下流，一直流到脖子上，她覺得好癢，一邊講話一邊抹着脖子。

甜甜浮生

酣酣浮生

一連幾日都下雨，我從冷房似的辦公室跑到街上，眼鏡片立刻蒙上一層白霧，潮悶的空氣迎面撲來，夾雜一股水腥氣，我敏感的鼻子馬上打噴嚏。

張開傘，我沒進交通燈前的人群中。轉燈，人潮如放閘的洪水，沖過馬路，有些向左右散開，大部分灌進地鐵站。收傘，不知誰傘上的水灑到誰身上，大家都濕黏黏的，在車廂裏擠成一個立方體。到了旺角站，門一打開，我隨眾人衝到對面月台。九龍塘站再來一次，走道裏萬頭湧動彷彿被雨水溶化，黑色的水流，起伏有如波浪，一邊來，一邊去，無數的鞋子向地板敲問，一直問到月台。車來了，裏面塞得滿滿的，那門開得很吃力，只見一重又一重的人，遠看像一塊切開了的五仁月餅，松子欖仁合桃混成一團，真要把自己變成芝麻才嵌得進去。

不知等了幾班車，我終於上去了。火車晃晃盪盪，我左穿右插的鑽到中間，站穩，越過座位上一排低頭玩手機的人往外望，潑在窗玻璃上的雨烏溜溜的像墨。我呆立着，沒有把手機

拿出來。自從有個同事因眼睛過度疲勞導致視網膜脫落，我覺得自己也有毛病，時常眼花花，再也不敢拿手機消遣。車離站進站，我攀住扶手，實在無聊，眼皮漸漸不受控制的垂下，心裏卻清晰地感覺到火車那微微的搖晃⋯⋯

前行，繼續前行，火車在無止境的路上走着，外面的黑色沉重如瀝青，穿透車窗湧進來，把我包圍。我掙扎着想下車，但車並不停站，一直走，一直走，那我怎麼回家？心中萬分惶恐，突然睜眼，看到一群人湧出車門，我急不及待的跟上去，在月台上站穩，發現這就是我要下車的站。每次，都是這樣，在疲累中昏睡，又憑藉潛意識在該下車的瞬間醒來。重複又重複的路程，已經在我的雙腳植入自動化系統。

快九點鐘。平日夜間的公園還有人做運動，雨天他們全不見了。寂寥的路燈迷濛地亮着，偶然飄過些顫顫抖抖的影子，在水濕的地上爬蟲那樣前行。我加快行走速度，走進商場，大部分商店已關門。我在開始收攤的超市買了一瓶紅酒和女兒喜歡的巧克力蛋糕。我下班無定時，不想妻女餓着等我，她們早吃過了，我只是隨便買些零食逗她們開心。終於到家，看着熱氣騰騰的飯菜擺上桌，我鬆一口氣。妻女圍上來，像窩吱喳小母雞，一邊剝着開心果咬着巧克力，一邊說着這樣那樣的事。隨着女兒的成長，她與妻子漸漸同聲同氣，有點像姐妹倆。她們都不喜歡我喝酒，不過喝點小酒，享受這完全屬於我的時段，小的說：「電視劇集裏那些壞人都喝酒。」大的說：「你也不

年輕了，要注意身體健康，很多病都是喝酒喝出來的。」我裝腔作勢的嚷：「你們真煩！」女兒竟然抱着酒瓶不放，我唯有低聲下氣的向她們討杯酒喝。妻子說：「只准喝半杯。」女兒就給我倒半杯。

妻子繼續抱怨：「你本來不喝酒的，要不是阿標，怎會染上這種陋習！這人真是豬朋狗友，幸好他不再來了，我一看見他就頭痛。」

「媽媽，阿標是誰？」

「你忘了？不過當時你太小，連標叔叔都叫不出來。」

真的，很久沒有見到阿標。同學間流傳，他跟一個甚麼表妹結了婚。Facebook 上傳一張照片，照片中阿標跟一個看來三十多歲的女子站在一起。阿標還是老樣子，重點是那一位女子，沒有化妝的臉充滿陽光氣息，頭髮全攏到腦後，額頭似乎還冒着汗，明明亮亮的笑着，壯實、坦率，像剛蒸好的包子。她穿着一件普通的碎花襯衣，體形豐滿，身上縛着傳統的揹帶，紅色布條在胸前相交，腰間伸出小孩胖胖的腿，非常的喜氣奪目。這種揹帶，除了農村婦女大概也沒有甚麼人會用了。這同時顯示了地點：不會在香港，不會在歐美，應該也不會在東南亞，那阿標是回到鄉下去了？

有人說：「這張是合成照，假的，阿標跟我們開玩笑。」

有人說：「看來是阿標的母親安排的，想不到這個年代還有這種事。」

有些女同學説：「這個玩精，正經人家就別碰啦！」

有些男同學説：「阿標老了，沒有力氣再玩了，或許玩到沒有甚麼好玩，於是回到傳統，落葉歸根。」

可是我覺得沒有問題，看樣子，兩個人都吃飽喝足、眉開眼笑的，似乎過得比誰都好。

我想笑還笑不出哩！

2

我不清楚阿標是中文名？英文名？名或姓？反正，大家都這麼叫，我也這麼叫。阿標不是我的同學，但我是在同學的聚會中認識他的。那時我們離開學校沒多久，大部分人仍是單身，時常碰頭，借着種種藉口相約玩樂。阿標年紀比我們大，打扮跟我們上班族不一樣：頭戴鴨舌帽，架一副漸變色眼鏡，襯衣牛仔褲之外加一件皮背心，一雙風塵僕僕的短靴剛走完大峽谷似的。我小聲問旁邊的同學：「這人是誰？」他聳聳肩：「我也不知道，不過講話很有趣。」阿標正表演他在墨西哥鄉下的小酒吧跟當地人喝 Tequila，他在手背上擠點檸檬汁，撒點鹽，一口把鹽舔淨再一仰脖子把杯裏的酒喝盡，又鹹又酸又辣的一把火直到肚子裏，聽得我們胃裏一緊。我們也出外旅遊，但每年只得十天八天假期，還要看上司的臉色才敢放，有誰去過墨西哥鄉下？大家都被吸引了，只顧着聽他的，有人羨慕，有人嫉妒。我只覺得他好玩，因為我不喜歡冒險，絕對不會跟駝隊穿

過沙漠，或貪戀海灘水清沙幼結果最後一分鐘穿着游泳褲上飛機。阿標的天方夜譚並不影響我，聽完，我依舊上我的班，過我的日子，像看了一場電影。阿標不一定每次都出現，但有他在，就特別精彩，離奇古怪的事講過沒完，漸漸大家把他當作我們的一分子。聽說他是一個同學的兄長的朋友，從外面回來的，住在他家，於是把他也帶來了。

後來阿標在我處待過好幾次。我剛買了一個小單位，又未結婚，大家興之所至，吃過晚飯繼續上來聊天打牌。有一天，同學跟我說，他家在裝修，可不可以讓阿標去我那邊住幾天。我很為難：「我家太小，太亂，而且只有一張床，沒法招待他。」

「沒關係，把沙發讓給他就成了，他自己有睡袋，隨便給他一個角落也行，他可以躺火車站的。」

同學說，阿標甚麼都很隨便，卻很喜歡吃。他到處跑，背囊裏除了睡袋、替換衣物之外還有一套西裝。有錢的時候他住酒店，沒錢就躺火車站，把錢留着吃好東西。他在火車站的洗手間換上西裝，在貯物櫃放好行李，再施施然的到城中的星級餐廳品嘗美食，享受一番。晚上回去車站換上牛仔褲，拿出睡袋，找個乾淨的角落睡覺。

他這樣說，我也不好推辭，就答應了。我不會做飯，三頓都是在外面隨便吃的，管不了阿標。我早出晚歸，但阿標比我更晚，不知他吃了甚麼，一定會帶幾瓶酒和奶酪乾腸之類的東西回來，似乎不喝點酒那天就仍未結束。他邀我一道飲，我淺

嘗一口，覺得一點都不好喝。初時跟他仍未相熟，不好意思説他的酒不好，就推説累了要回房睡覺，由得他在廳子裏自斟自飲。

自此之後，阿標主動找我。我無所謂，反正我成天在外面，多一個人對我也沒有太大影響，隨便他要來就來。有一次，因為第二天是公眾假期，我不用上班，就坐下來跟他聊幾句。他本來就是個多話的人，喝了酒，他的話更多，話題更私密，與平常的吃喝玩樂奇行異聞不一樣，有些肺腑之言，沒有幾杯酒下肚是吐不出來的。不知基於甚麼原因，是為了支持他？還是被他的坦率感動？我竟然接住阿標的酒，還往嘴裏送，間中也講點自己的事，以示交流，雖然我沒有甚麼好説的。那酒進口帶點酸澀，阿標看見我的表情，就遞給我一塊奶酪。奇怪，吃了這奶酪，酒就變得十分順口；再吃，就越來越順口，暖暖的生起一股熱流，在身體裏作馬拉松慢跑。我的頭本來堵塞着成天的工作，像電腦屏幕上堆得滿滿的垃圾桶，竟逐漸的被清空，變得好輕鬆，輕鬆到可以起飛。我眼中的阿標也變了，他拿掉帽子，突然間老了好多，額前的頭髮已見疏落，有不少皺紋，失去帽簷的影子和眼鏡的保護，他赤裸裸的眼神有點像個傷口。

原來，阿標是家裏的獨子，自小成績優異，一直唸名校。他自己説：番書仔，腦中裝滿金銀島和八十日環遊世界這種故事，熱愛披頭四，中學時期已經用英語演話劇，活潑開放，大

家都認為是個人材。父親早逝，留下些資產，病中已叮囑母親，一定要好好的栽培他。母親不知如何栽培，美國最好，於是送他去美國。到了那邊，天大地大，簡直是把籠中鳥放回森林。阿標立即切入當時當地的生活，交上一些嬉皮士朋友，跟着他們去了印度、尼泊爾，之後到處遊蕩，流浪幾年，把那筆學費都用光了。他不敢讓母親知道，後來在不用交學費的法國留下來讀書，幹過不同的職業，可以隨時當翻譯、記者、攝影師、導遊……就看他想不想工作。阿標的母親獨個兒住在半山一層豪宅，也不清楚他究竟在甚麼地方生活。每次回港，他都說是出差路經的。阿標時常回來看她，但不會在家久留，怕穿幫，待幾天就溜走，有錢的時候住酒店，沒錢就往朋友的家裏擠。

3

　　為甚麼搞得如此複雜？在家裏留得太久，阿媽以為又回到了從前，而事實上不是從前了，走的時候她更難過。不走？她看見我吊兒郎當的樣子又受不了，誰經得起被人一日問幾次！我實在欠她太多，心不安，回來也只是陪她喝茶吃飯，去那些以前我們常去的老茶樓老餐廳。懷舊？這怎算懷舊，這是我的一部分。每去一個地方見不同的人做不同的工作都要介紹一下自己，我不說，人家也會問，想忘記都不行。我自小唸男校，生活很簡單，就是讀書、食和玩。無論學校生活和家庭生活我

都很自由，無王管，下課後只顧着打球、下棋，跟同學沿街一
路吃牛雜魚蛋車仔麵，真是無憂無慮的日子。我所認識的女
人，只有我阿媽和一個著唐裝衫褲成日要我飲湯的工人，覺得
女人好煩，毫無興趣，我是到了美國之後才動心的。我的第一
個女朋友，妮歌，我從未見過這麼美麗的女子。她的眼睛，比
任何藍寶石都清澈，那光芒簡直無法閃避。她的笑容，教人覺
得世上所有的善都在她身上。她散開一頭淺金色的鬈髮，穿着
白棉布衫在草地上彈結他的身影有如天使。我最抗拒不了，是
她時常掛在口邊的：生命中只有和平與愛。她讓我知道甚麼是
愛，非常徹底，不是講出來的，是做出來的，之前我連女孩子
的手都未拖過。我完全陷落，整個人失了方向，覺得一切都不
再重要，只想跟她在一起，她去哪裏我就到哪裏。我不曉得究
竟在天堂還是地獄，醒來，仍未弄清楚要去甚麼地方，就隨着
她上路了⋯⋯

　　你真好命！我不好好讀書，就沒書讀。不好好工作，就
不會有自己的房子。置業是我唯一的目標，因為我從小到大都
做廳長。多少年了？在公共屋邨生活，我的床，就是廳裏的長
椅，底下有兩個抽屜放着我的衣物。我感冒，吃了藥想睡覺，
全家人仍坐在我的床上看電視。我擠在他們背後，以為他們的
手是我的手，他們的腳是我的腳。跟我相差六七歲的弟弟說：
你還好，有一張固定的床。我一直當他是小孩子，以為他沒有
甚麼想法的，沒想到他非常支持我的計劃，因為我搬走之後他

就可以繼承我的空間。他的尼龍床摺起了放在露台，晚上所有
人都上床之後才能騰出空位放他的床，而他的私人物品，就放
在角落一個紙盒裏。

我卻覺得你比我好命，這麼年輕就有自己的房子，目標
明確，把持得自己那麼穩，一切都按部就班的完成，絲毫不偏
差。你心裏或許笑我的天真，但當時的我，十幾歲人，對妮
歌、對愛，都深信不疑。有一年母親生日要我回港，我離開妮
歌不過一陣子，壽宴完了立刻趕回去，進門，看見她跟一個男
人赤條條的躺在床上，看樣子，都吸了大麻。他們悠然自得
的神情令我的血全往上湧，火遮眼，忍不住大吼：滾！都給我
滾！妮歌仍然像天使那樣柔聲細氣的説：噢！標，你不應有嫉
妒之心……我真氣暈！這是一種甚麼鬼的愛？我受不了，我自
己走了。

可是房子買下來就成了奴隸，你能這樣過日子嗎？畢業之
後我本來有幾個工作機會，公務員是最安穩的，但工資不高，
不知何時才能實踐我的買屋計劃，我就選擇了外貿公司，工資
令我滿意不説，業績好還有年終獎金。但貿易公司的工作壓
力非常大，稍有差錯，就牽涉巨大的金額，別説獎金，隨時都
有可能被老闆炒魷魚，這滋味你怎會知道！這個單位雖然只是
三百多呎的一房一廳，每月還房貸加上差餉地税管理費已經花
掉我一大半工資。為了保證繼續供款，我不敢隨便轉工……

放輕鬆點，不必給自己這麼多壓力。有些債，你想還都還

不了，到死都在欠，那還要不要活呢？我就傻了這麼一次，以後再不犯傻了。可是我總惹上這些事，都算不清，也不知為何……

　　我沒有你這麼受歡迎，我只有一個女朋友，唉，我哪還有時間交女朋友！算是緣份吧，在銀行辦事的時候認識的。我們的故事很平凡。她長得不算漂亮，但有一種令人信賴的親切感，很健康很正派的那類型。我喜歡她臉上恰到好處的笑容，不是過分的熱情，卻讓我寬心，只覺世上無難事。最重要，凡是經她辦的事，都很順利。一進銀行我的目光就不由自主的搜尋她。她不在，我會有點焦慮，擔心別人把事情處理得不好。漸漸她的同事把我當作她的男朋友，我們就真的約會起來了。她給我不少建議，我也是聽從她的意見把房子買下來。她說，房子雖然小，但上環這個地段升值快，一定不會虧的；也是她幫我安排一切借貸手續，把握最好的機會，爭取最好的利率，總之有她參與的事我就很放心。

　　的確有些人一見就合眼緣。有個女人，我僅碰過她的手，而我念念不忘。信不信隨便你，其實我也向人求過婚的，就那麼一次，是清醒的，沒有喝醉，因為在摩洛哥不是隨便可以買到酒。法蒂瑪，巴黎一家婦女雜誌的特約人員，法語英語之外，還會幾種土話。我們合作一個特輯，我負責攝影，大家約好了在卡薩布蘭卡碰頭。剛好是齋月，她穿着一件淡綠的長袍，頭上披着紫藍色灑金花的頭巾，耳朵和脖子都遮擋了，只

有一張橢圓形的臉，一雙很大的眼睛，眼睫毛又濃又長，眼珠像夜色那樣黑得深不見底，盯住人的時候有種奇怪的力量，像磁石，一切慢慢的安靜下來，集中起來，會催眠似的。我們握了手，唯一的身體接觸。然後她微笑着遞過名片，原來在巴黎留過學的。她長袍飄飄，像一朵雲，由一張臉主導而行，但工作的時候跟西方女子一樣——理性、專業、講究系統。我們很談得來，大概彼此都在外面待過，又正為同一家雜誌社工作，有特別的溝通點。她說忍受不了國外的孤獨生活，要回來一個有神又有人的地方，與一個男子建立家庭，生兒育女。這個我太明白了，衝口而出的叫她嫁給我，我願意留下來陪她一輩子。

結果呢？

有結果我還會坐在你對面嗎？全是些只開花不結果的事兒。我最放不下心的，是系子，但也很無奈。我在法國機場認識她，一個資深的翻譯員，比我長幾歲，性情溫柔，像個親切的姐姐，合約完了又為我多爭取了六個月，我對她挺有好感的。回看當時的系子，問題已經出現，但她自己不知道，老是說太累了，所以才會腦中突然一空的。她時常放病假，所以才招上我作替工。我看得出，單位裏有人攻擊她，説她的英語水平不怎麼樣。那幫霸道的俄羅斯人和南美人，背地裏叫我們亞洲幫。原來口譯員到了一定的年紀，反應會越來越慢，而長期服用鎮靜劑的系子衰退得更快。她突然想不起某個字或詞，內心很焦急，表面上仍努力維持着女性的優雅和東方人的淡然姿

態。有天我看到她躲在停車場的暗角，淚流滿臉。我也沒有問原因，開車送她回家。才進門，系子就抱住我，不停的哭泣。兩個人從穿着衣服到沒穿衣服，她一直沒有放開手。後來大家一起生活，我才知道，她每天一早起床收看三種不同語言的新聞，不停的測試自己的反應和記憶力。她偶然做惡夢：她站在海關前甚麼語言都忘記了，她推醒我，要講些甚麼來肯定剛才發生的只是一場夢。她不能忍受自己失去一種辛苦獲得的能力。結果有天醒來，她只會說日語。我聽不懂，她焦慮得發瘋，亂摔東西，我唯有把她送去醫院。醫院裏，我們默默相視，一言不發。那時，她還清醒，還認得我，眼淚安安靜靜的掛下來。後來，她把自己也忘了，眼神裏，空洞無一物。家人把她領回去，走的時候沒有通知我，從此就失了聯繫。

　　把自己辛苦獲得的能力忘了？沒有比這更可怕的事！我害怕生病，怕病久了會被辭退，而房子是絕對不能斷供的。女朋友也着緊，要我增強體質，給我做湯。其實她也不懂，四處向人請教，買書看，下班後依着方子在街市買齊了材料，在小廚房裏做實驗似的搞半天。她把白襯衣的袖子捲起，姐手姐腳的洗洗切切，我很感動，但那鍋湯不知要弄到甚麼時候，最後我們都餓得不行了，把砧板上七零八落的東西扔到水裏一煮，也搞不清是個甚麼味道，放點鹽，全都吃掉……說起來真有點餓，哎！原來已經半夜了！怪不得……

4

　　女朋友不喜歡阿標，覺得他太古怪，成天遊遊蕩蕩，似乎不務正業，顯然不是個好人。阿標在，她不會出現。到阿標走了，她上來一看，只見廚房裏滿地空酒瓶，很不高興：「我沒來幾天，你們就喝了這麼多酒？」

　　我連忙說：「不關我的事，都是阿標喝的。」

　　女朋友開始疑神疑鬼：「為甚麼他老是纏住你？他不是同性戀的吧？」

　　「怎會，他有很多女朋友的……」

　　可能我的語氣帶點羨慕，她狠狠的打斷我的話：「別聽他吹，嫁了他，跟着他蹓街嗎？」

　　我為阿標申辯：「他家有點錢的，每次回來，他母親都催他結婚，成千呎的大屋等着他。」

　　「幾十歲人還要母親為他操心！」女朋友不屑的說：「你還不去把酒瓶扔掉？都擺到門邊了！」

　　那夜我們喝了不知多少瓶酒，兩個人一直睡到翌日下午才醒，是餓醒的，我提議到樓下的茶餐廳吃點東西。

　　阿標不同意，說好吃的東西太多了，他要計劃一下。

　　「也有很多選擇的，你不喜歡A餐，可以選B或C，好像還有DEF，中餐西餐、甜酸苦辣、粥粉麵飯甚麼都有……」

　　阿標打斷我的話：「這樣的餐廳還能提供甚麼好菜？生活在美食天堂，你竟然如此敷衍了事？實在太對不起自己！」

　　阿標叫我別管，讓他來安排。出門，天色灰濛濛，看來快下雨，這種日子我情願留在家裏吃公仔麵，而他竟然一直走到中環。不上班，幹嗎還要來這裏？其實我可以不理他，但阿標有時像個魔術師，花樣多多，不知下一分鐘又變個甚麼出來，又忍不住跟着他跑。阿標笑説：「先來一杯奶茶。」奶茶到處都有，用得着去那麼遠？我還未説出口，阿標就解釋這裏的奶茶不一樣。蘭芳園我也知道，但説到底不過就茶一杯，怎夠飽？這時段，我肯定早餐午餐一頓吃，茶餐廳都送咖啡奶茶。阿標説：「食無求飽。」只讓我點了奶茶油多。又説：「你別急，我一定讓你吃到飽為止。」

　　茶的確好，但我不會為了一杯茶而來。中午人山人海，我通常打電話叫外賣，或買一份三明治，然後到茶水間隨便弄杯飲品。阿標認為我的吃法只算填肚子，這樣下去會得憂鬱症的，他説：「甚麼都是假的，食得就食，萬一像我阿爸那麼短命，也沒剩下多少天了。別的事我做不來，吃得好一點還是可以實踐的。」

　　他這樣説，能不讓他吃嗎？喝完茶，沿路下去，看見麥奀記他又要吃雲吞麵。那麵只是一小碗，我兩口就吃掉，想再來一碗，被阿標阻止：「吃那麼多幹嗎？留點空位。」離開麵店，開始下雨。阿標一點也不急，還説：「下雨有下雨的路線，跟我來吧。」然後走上電動樓梯。

　　阿標顯然極之熟悉這片地方。上下班時段，電動樓梯全

是人，人們連走帶跑的，巴不得那樓梯會飛。這時一片清疏，見阿標站着不動，我唯有不動，從未試過這麼悠閒。我們緩緩的上升，那速度有點夢幻。阿標左顧右盼，我隨他的視線望去，只見兩旁大大小小的玻璃窗，或明或暗的燈光，一格一格的有如小屏幕，播放着不同的畫面。街上持傘的人像蘑菇，一朵朵，不同的顏色，這邊聚，那邊散。一路的小店和餐廳，閃爍或不閃爍的霓虹招牌，花燈似的在雨中流動。還有音樂、氣味、人聲細語，整個世界濕淋淋的活得好高興。我們到了一家餐廳，阿標説，這裏的咖啡和甜點都是一流的。

我笑他：「又看了哪個網站的介紹了？」心想幸虧有你這種人，位置這麼偏僻的餐廳仍能生存。

阿標瞪我一眼：「食物跟女朋友一樣，是你自己去發現的，用得着介紹？」那勢頭，好像沿電動樓梯的餐廳他都嘗遍了，怪不得他那麼喜歡住在我家，下雨天不用打傘都能走過來。

我不敢吃生牛肉芝麻菜沙拉，阿標建議我來一個配羅勒茴香紅洋葱的烤肉。他點了一杯餐酒，我覺得昨夜已喝夠，只喝水，他笑我這樣吃不出好味道。然後我們都品嘗了 Tiramisu 和咖啡。吃完這一頓，天已放晴。離開餐廳，小街被雨水洗乾淨了，半乾不濕的路面浮起潤澤的光，稠密的小店面目鮮明，各種顏色的異國情調，又間雜一些傳統的五金舖、米舖和涼茶店，穿吊帶裙的外國美女跟汗衣短褲的大叔一起站在行人道上抽煙，排列整齊的皮蛋鹹蛋跟精巧可愛的芝士蛋糕相距不遠。

它們像年深日久的情侶，已經不需要對方改變，彼此和諧共處又各自精彩。同一條街，既可以找到正宗的意大利咖啡亦有地道的廣東涼茶。

然後阿標想買酒，因為昨晚我們把存貨都喝光了。兩個人逛商場，阿標教我選酒，解釋着這個那個味道，我實在記不住，只看懂了好喝的酒都是貴的，買貴的就行。阿標搖頭，説我不及格，然後又教我買奶酪。在 Oliver's 的乳酪專櫃前，他以讚歎的語調説：「這就是香港！從雲吞麵到十八個月熟成的奶酪，任何東西都找得到！」我覺得它們看上去全都差不多，只是有些比較黃，有些比較白，真不知道阿標是如何分辨出來的。他繼續説：「最難得，是吃雲吞麵的不管那吃奶酪的；吃奶酪的也不管那吃雲吞麵的。你沒去過一些只能吃羊肉的地方。」

從行人天橋過去置地廣場，天色已暗，路上華燈初上，往來的車輛閃爍着紅的黃的車燈，阿標的影子落在夜色漸濃的玻璃上，流暢得有點如魚得水。而我，他口中所謂有工作又有房子的人，食不知味，遠遠望到自己辦公室那座商廈，已經開始推測明天上班會遇到甚麼問題。正想着，他回過頭來説，happy hour 時段到了，去喝一杯吧。提着幾瓶酒還要去喝一杯，我説：「你真是個酒鬼，一天到晚都 happy。」終於跟他在蘭桂坊一家酒吧坐下來。他搖晃着杯中的馬天尼，冰塊叮叮細響，很享受的樣子，有點得意的説：「剛才我打電話去蓮香樓訂了一隻八寶鴨，這道菜以前我家裏的傭人常做的，如今已經沒有多少人

會做了。」

戴上帽子的阿標，精神抖擻，認認真真地研究着吃甚麼喝甚麼。食物於他，比任何東西都更富滿足感、安全感。他吃，故他在，重回無憂無慮的日子。柔和的燈光下，一把女聲懶洋洋的在唱，肉體被充分滿足連靈魂都在深處嘆息的聲音，磁性地在空氣中游走，似乎她也吃得飽飽的。

5

結婚之後，阿標再沒有上我家。

那時同學間仍不時有聚會，同學悄悄的問我：「阿標在你那裏，沒有給你添麻煩吧？」

「沒有呀，挺好的，他有很多精彩故事，比電影還離奇。」

「嘿！又講他那些風流史！」

他的語氣，似乎那些故事全是阿標編出來的，大家都聽過了。

「好久沒見他，最近他怎麼了？」我問。

「他也沒找我，或許去了月球，或許交上新的女朋友，遲些我們又有故事聽啦！」同學哈哈笑，重重的拍了一下我的肩膊。

隨着各人生活上的變化，搬家結婚生小孩之類，我們的聚會越來越少，到最後只是一年一聚。

近年流行在臉書上放照片，大家吃了甚麼，去了甚麼地方，如何過年過節，網上都交代得很清楚，根本不需要見面。

　　偶然發現阿標的信息，但不多。這麼愛吃的人，卻從不在網上放美食照。可能他一看到食物就往口裏送，完全沒想到拍下來給別人看；或許他不同意用這個方式去分享，因為他不是用眼睛去吃東西的。

　　女兒出生了，房子太小，衣衫鞋襪似乎亦有繁殖能力，幾何級數的上升，塞滿每個角落，沒可能再添一個菲傭照顧小孩。妻子每天起個大清早，把女兒送去母親家才上班，下班之後再領回來。我工作繁重，顧不了那麼多，晚上碰頭大家累得講不出話，假日一家三口倒在床上睡得死去活來。沙士之後，樓價大跌，依照妻子的意思，趁機換了一個大單位，搬到粉嶺，總算擁有一個比較寬裕的空間。她後來調到大埔的分行工作，離家只是兩個站的車程；而我，上下班變得山長水遠。妻子說：「是遠了一點，但這裏空氣好，居住面積夠大。以我們的能力，怎可能在港島區買到這種單位。」

　　她們覺得好就成，我只不過需要一張床。我每天下班回來，吃晚飯，趁妻女囉囉唆唆的時候喝幾口小酒，洗個澡就睡覺了。這就是我的一天；或許，是我的一生。

　　妻子安慰我：「別怨了，等房貸結束，你再找份輕鬆點的工作，近一點的。」

　　我笑笑，我怎敢怨！多少人要住劏房！有些連劏房都沒有，我從小到大只能睡客廳。天天擠車，等房貸完了我說不定都散了，還能做甚麼？

「有你把家撐起來，到時我去深圳找份工算了。」從這裏去深圳不過半小時。「或許到樓下做保安，那更好。」

「講話沒句正經，不知跟誰學的。」

還有誰，她指責的，不又是阿標。很久沒有跟他聯繫，不知他最近怎麼樣。倒是有一年，我們搬到粉嶺沒多久，他忽然給我電話，說剛到香港，先來看我。我告訴妻子，她瞪圓了眼睛說：「他不是要來住幾天吧？」

那天是星期日，他摸上我家來。幾年沒見，他還是老樣子：鴨舌帽，漸變色太陽眼鏡，襯衣牛仔褲。

我卻覺得自己變了好多好多，從港島搬到新界，從自由的單身漢成為別人的丈夫再變作小女孩的父親；完全不同的環境、不同的心態。住處附近沒有甚麼娛樂場所，商場裏的茶餐廳水平一般，又懶得跑到外面去，工餘時間也沒有甚麼好做的，我只是一個跟着妻女在超市購物的住家男。

女兒看見陌生人，不安地拉着我的手叫：「爸爸！爸爸！」

我抱起她，指着阿標：「叫標叔叔。」

她害羞地把頭埋在我的胸前，跟着給妻子抱走了。

「小孩好趣致。」

他遞給我一盒東西：「送給你。你結婚的時候我沒有回來，這趟在機場看到一瓶 2002 年的好酒，剛好是你結婚那一年，買下來給你作個紀念。」

我向房中望一眼，才說：「多謝啦！我都不懂酒，不如這就

把它喝了……」

「這瓶酒可以放三十年的，留着吧，要喝有別的。」

他打開背包，原來還有別的酒。我們已經吃過午飯，不過阿標是任何時候都有胃口的。我去看冰箱裏有甚麼下酒菜，沒有就下樓去買，雖然這裏的食肆毫不精彩。

阿標見我搞半天，跑過來一看，說：「讓我來弄。」

沒想到他還會做菜。他把我妻女早餐用的卡夫芝士和火腿片拿出來，一片火腿捲上一片芝士，不用五分鐘就擺出了一盤火腿捲，用來下酒竟然挺不錯。

眨眼就喝完一瓶，阿標還想再開，妻子馬上出來制止：「不可以再喝了，看，他的臉已經紅得像關公，明天還要上班的。」

見氣氛不是自由自在，阿標也沒說甚麼，把家居設計四周環境讚了一回，聊幾句就走。我也沒留他，只說找天下班一起去吃八寶鴨，但他再沒有聯絡我。

阿標走後，妻子很不高興：「只顧着喝酒，明天早餐沒有東西吃了，還不去給我們買火腿片和卡夫芝士！」末了意猶未盡的加一句：「哪有這樣的人！結婚禮物不是要長長久久的嗎？只能放三十年，那三十年後得離婚了？」

「人家不是這個意思！那是給我們三十年後慶祝珍珠婚用的。」

這瓶酒，後來妻子在她父親六十五歲生日時轉送給他。

渡

渡

船

自從她換了新手機，屏幕上的畫面就是船，一艘渡輪。

船身上半截是濕潤的白色，還未乾透的指甲油似的白，底下是有點刺眼的薄荷綠，在靛藍的海面滑行。船落在海面的暗影像一條龐大的魚，沉、遲、溫柔的游近。記憶中，風帶點電油味，幽幽水動，馬達像一頭老獸在喘，一聲比一聲緊，教人聽了想幫它一把。

大概八九歲，她第一次在碼頭等船，過程非常深刻。她靠在閘口，看渡輪逐分逐寸的挨過來，嗷嗷的叫着，又傻氣又固執。這泊岸的過程像個儀式，有一定的程序，船與碼頭小心翼翼的互相靠攏，幾個船員跳出來叱喝，大聲呼喊，像祭神。巨大的麻纜繩拉過來扯過去，嘶啦啦的響，緊繃到極尖極細的聲音，快要斷了，她的神經被提上半天，直至「嘭」的一聲跳板下了地。儀式結束，閘門開了，人群嘩嘩然的湧動。她呼出一口氣，被後面的人推着走。

那是一個星期天，母親突然說：「換衫，我們去大嶼山。」

她從未出過遠門、未坐過船、未見過這麼遼闊的海。她看着大船慢慢的靠近，帶着節慶的愉悅，滿身水氣，乘風破浪而來。上船之後感覺它慢慢的離開碼頭，離開樓宇林立的岸，一個被房子沉沉地壓住的島。陽光中，海水的顏色碧玉一樣，也像玉那樣溫柔的閃耀着，那光澤緊致得幾乎可以在上面行走。她雙手攀着窗沿往外張望，被一種有韻律的浮盪迷惑。母親在後面大叫：「你別掉下去，我這一輩子都不再跳下海的了，沒有人救你。」可是，她覺得海一點都不可怕。泊岸，被母親拉着下船，之後還要坐車，下車之後要走一條好長的林蔭小路。寺廟在山上，面向群山，雲霧繚繞，簡直是仙境。她記得母親拜完神之後就換了一個人似的，本來緊繃着的臉竟然有點笑容，臨走時還好聲好氣的跟她說：「這就是觀音寺，你也拜一拜，讓觀音菩薩保佑你。」跟着她們下山，回到車上，回到船上。她發現天色暗下來了，風涼涼的，吹拂着她的衣衫，微帶海水的腥鮮。母親的心情好極了，買了一碗餐蛋麵，兩個人分着吃。她從沒吃過如此美味的麵，蒸騰的香氣籠罩住她的臉，那是一種非常溫暖的香氣，比廟宇的香燭更令人心神安定。靠岸了，密層層的樓房重現，她回到一個熟悉的世界之中，然而在海上繞了一圈，一切又似乎有點不一樣。

　　最初的航行成了她打開某些迷團的鑰匙，而船，也有如鑰匙的化身，在她腦海中穿來穿去。後來她去過不同的島，試過不同的航線，只要靠近碼頭，船隻那特有的氣息就喚醒她，隨

着馬達的起動，她全身的神經線都配合着波浪抖起來了。

她這樣說，他很好奇：「我也坐過船，怎麼就沒有你這些感覺？」

兩個人跑去坐船。他拍了好多照片，她發現，船的結構是如此獨特，從船上看過去的城市十分奇異，層層疊疊的樓宇浮在水上，沉重和輕盈竟沒有倒轉過來，她難以想像自己在密集的樓房中生活了這麼多年。有一張照片，她靠在船舷，遠望天邊，圍在脖子上的白紗巾飄起，像一隻拍動雙翅的海鷗，眼看就要向雲端衝去。她很喜歡這張照片，他放大了裝框送她，一直掛在她的睡房裏，正對着床，難道因為這樣她時常夢到船？

夢中也有航行快速的新船，船在海面飛翔，明淨輕巧，敏捷的來來去去，像一片清爽的白雲。她站在碼頭裏等候，船不知何時靠岸，悄悄的像水鳥，來了她都不曉得，直至背後的人蠢蠢而動。她被後面的人推着走，她不自覺地期待的，其實是她聽了無數遍的嘶啦啦的麻纜繩的磨擦聲，那動與靜的、兩極之間的掙扎。這聲音讓她頭皮發麻，但沒有這聲音她又覺得船沒有來，即使來了也不似是船。天氣很熱，沒有風，也不知道真的沒有風還是她沒有了長髮……

照片

簡潔沒有幼嬰時期的照片，也沒見過父母的結婚照、喜宴裏親朋戚友的合照、家中幾代同堂的合家歡，就像她在別人家

裏見到的那種。照相簿的第一張照片是她唸幼稚園時拍的，長頭髮的小女孩，額前一排劉海，顯得小臉圓圓的，烏亮的大眼睛，皮膚很白，白色校服，就只見黑白兩個顏色。後來她一直留着這個髮型，因為媽媽不怎麼理會她的頭髮，很多時還是同屋的陳太看不順眼幫她剪的，後來自己對着鏡子剪，直到工作之後有錢上美容院才改成時髦的短髮。這張幼稚園照片用了好幾年，到上小學時才拍第二張。她小二成績單上的照片有一雙腫泡眼，因為拍照的前一晚哭過。她記得媽媽在縫衣服，她在旁邊玩耍。可能夜深了，媽媽催促她睡覺。她不理，繼續玩，說着說着母親突然發了瘋似的，把針往她手背上亂刺。她痛得尖叫，陳太聞聲而來，看到她手背上冒起的血珠，很驚訝：「發生甚麼事？」媽媽聽到這話就哭，因為媽媽哭，簡潔哭得更厲害，末了母女倆各有各哭。

歷史就從幼稚園的照片開始，之前，簡潔一無所知，想不起來，也沒有任何記錄。那時簡潔一家住在灣仔一幢舊唐樓裏，她記得，屋裏連包租婆有好幾戶人，每戶一個木板分隔出來的房間，她們跟住在大房姓陳的一家人最好。她們沒有親戚，過年過節也只得一家三口，大部分時間是兩口，因為爸爸幾乎不在家，而媽媽的心情時好時壞，陳太就帶着她們一起過。這家人對她們很照顧，聽媽媽說，陳生也是從大陸來的，在香港已經很多年了，是個文化人，在附近一家報館工作，功課上有甚麼不明白的可以請教他。

「不要問我們功課，我跟你爸一樣，不會英文，除了《毛語錄》之外沒讀過幾本書。」她說。

二來，他們家有兩個小孩，家昌和家明，雖然是男孩但也可以玩在一起。這兩兄弟的個性很不一樣，家昌比她年長四五歲，傻哈哈的十分好動，在屋裏坐不住，成天的跑進跑出。簡潔比較喜歡家明，他像他爸爸。陳生很會照顧家人，他和藹可親，出門替陳太提東西，時常帶點小玩意逗小孩開心，一家人樂呵呵的，連旁人都沾上一份喜氣。家明手裏有甚麼都會分給簡潔，圖畫書顏色筆隨她用，兩個差不多年紀的小人待在一角寫寫畫畫，兩個主婦就放心上街買菜下廚燒飯，忙她們的事情。陳太接了一些工作回家做，都是些圍巾外套之類，要釘珠片或繡圖案。她見媽媽無聊，就教她，後來她們一起做，反正是計件的，做多少算多少。陳生白天要睡覺，陳太不想吵醒他，就溜到她們這邊幹活。大人邊做邊聊，小孩在玩，度過無數悠長的日子。

家明聚精會神的畫，完全沉浸在他的小天地裏。簡潔不是那麼喜歡畫畫，可是不畫也沒有甚麼好玩的，就跟着家明亂塗，描些貓貓狗狗、花花草草之類，一邊聽大人聊天。初時她聽不明白，後來聽多了，她的理解力增強了，就知道母親的話題總離不開父親。她記得最清楚的，是有關游泳的事情，因為後來父母爭吵也時常涉及這些內容。

「他這人就是運氣不好，雖然長得牛高馬大，是運動健將，

但你看，我都不會游泳的，還是他教我，在小河裏練習了幾個月，一次就游到香港；而他，次次都失敗。第三次，他腿傷了，到最後游不動，被漁民撈上來，沒死，已經算走運。」

「你們真大膽，這麼危險的事也敢做！」陳太驚歎。

「我哪有膽！我從來沒見過海，都不知天高地厚。那時心裏只有他，沒頭沒腦的跟着他跑，真不知是哪裏來的勇氣。三更半夜，天黑得像墨，我們一起下水，分不清東南西北，分不清邊際，也不知道可怕，我只記住他說：往天邊發紅光的方向游，誰先上岸就在那裏等着。游到天微亮，我漸漸看清那海，傻了，岸在哪裏？紅光在哪裏？忽然間一點力氣都沒有，幸好身上的救生圈沒有丟失，迷迷糊糊，不知如何被浪沖到沙灘上。我以為他跟在後面，馬上就到，但沒有，等了好久，還是不見蹤影，天地間就只有我一個人，好荒涼好荒涼……」

「那可能是港外的一個小島，沒有人住的，你算好彩，後來的偷渡客是立即遣返的。」

「終於，被經過的船發現，把我帶走，就這樣留在香港。你不知道有多艱難！人地生疏，又沒文化，我能做甚麼？倒垃圾、洗碗、做工廠，為了活下去。他下落不明，不知生死，究竟是躲在香港的某條街上還是葬身海底？聽人說，還有被鯊魚吃掉的。我好擔心，晚晚睡不着。後來打聽到他偷渡不成，被押回去鄉下勞改，我才放下心頭大石。可是問題又來了：我是不敢回去的，只盼他來，但很渺茫，即使能僥倖再逃走，又怕

他在海裏被鯊魚吃掉，真的好矛盾！當時年輕，也有人追求，不知為何我都看不上眼，總覺得他是最好的，只是沒有運氣。」

「真難得！這叫精誠所至金石為開，終於被你等到了。」

「唉！其實我當時是很迷惘的，孤零零，想找個說話的人都沒有。大陸妹，誰理你！跟我一起洗碗的阿婆教我去拜黃大仙，說很靈的，問一下這個人的凶吉。我從來不信神，也沒有拜過神，不知如何求神，剛好過年放三天假，就跟着阿婆去，求了一籤，是中平籤。籤文很神奇，說這人行歸遲，但早晚會到的，簡直說到我心裏去了，就像在海裏抓住一根草，覺得事情還是有希望的。後來我有甚麼疑問都去求籤，不然我能問誰呢？」

「真是拜得神多自有神庇佑，他的運氣也來了。」

「他有甚麼運氣！千辛萬苦的來了，我去接他，又黑又瘦的，幾乎認不出，但那天真的好開心。我叫他一起去還神，他不肯，所以我們一直不順，以前好好的來到香港就不停的吵架。初時他當搬運工人，但腿傷過，體力活幹不好，老闆不喜歡他，工作時有時無。後來他改當水貨客，算是活得像個人樣。生活是好了，有了孩子之後我也不用工作，但他又時常不在家……」

簡潔忍不住問：「媽媽，甚麼是水貨客？」

「大人講話小孩子不要插嘴！」媽媽對她咆哮：「這麼八卦，又不關你的事，你玩你的。」

　　長大之後她才明白，水貨客就是把沒有打稅的貨品運過關。最賺錢的是那些奢侈品，諸如名牌化妝品、手錶、手提包或照相機之類。

　　爸爸不是每天都在家，三數日才回來一次，甚至更久，看他要帶甚麼貨，走哪條路線。他每次回來，媽媽都好緊張，做很多菜，可是爸爸隨便吃幾口就倒頭大睡。他們有一張雙層床，平時她跟媽媽睡，爸爸回來，吃過晚飯媽媽就趕她到上層床睡覺。她不肯，想跟爸爸多玩一會兒，糾纏着，媽媽就給她一巴掌：「上去！爸爸累了要好好休息。」爸爸皺着眉頭說：「別打她，讓我上去睡，我真的很累。」說着就爬上上格床，沒多久就鼾聲大作。

　　媽媽不知在生誰的氣，關了燈，還坐在床沿。她靠着床架，抱手望向半空，幽暗中她的身影有如一座山，沉沉的壓在簡潔身上。天花板反射着街上微弱的燈光，簡潔看真了，媽媽在流眼淚，不知怎的她心裏也很難過，以後爸爸回家她都乖乖的自己爬上上格床睡覺。

　　小學二年級開學，簡潔沒有照片。本來早就應該去照的，但媽媽跟爸爸吵架，沒心情，是拖到不能再拖才帶她去，路上還在說：「不是你，我也可以賺很多錢！」簡潔還沒睡醒，昨晚被針刺過的地方還有點痛，想眨眼，但眼皮好像有幾寸厚，都不由得她支配。

　　爸爸還未回家之前，媽媽央求陳太：「不如你幫我照顧阿

潔，我想跟她爸一起去當水貨客。」

陳太有點愕然：「阿潔這麼可愛，我本來就當她是自己的女兒，照顧她是沒有問題的。但她年紀太小，這麼重要的事，你應該跟她爸爸商量。」

結果，就是大吵一場。爸爸說：「你以為我去遊埠？水貨客豈是女人做的！先別說要拿着一大堆行李趕車趕飛機，睡不好吃不好的，那些人又品流複雜，偷騙搶甚麼花樣都有，有時又給海關為難，都不好應付，你跟着我去，我還要照顧你。」

「我哪用你照顧！我不是自己游水到香港的嗎？舉目無親，我都可以活下來，你別把我看得那麼低能。」

爸爸很不高興：「別太得意了，不是凡事都能靠運氣的，如果你失敗了敢再來一次我才佩服你。又不是沒錢交租吃飯非要你出山不可，有福不會享！要是我們兩個都不在家，誰照顧阿潔？」

媽媽說陳太可以幫忙，爸爸的火就更大了：「又是你說要有一個家、要小孩的，現在都有了，你又要找別人來幫忙！」

簡潔明白媽媽為甚麼老想跟着爸爸，因為自己也喜歡。爸爸長得好看，穿甚麼都順眼，架上太陽眼鏡就更神氣，又有錢。偶然帶她們上街飲茶吃飯，付賬時他總是乾脆俐落的，不像媽媽，把帳單翻來覆去看半天。

她聽到媽媽小聲問陳太：「你說，他老不在家，會不會在外面有別的女人？」

「怎會，」陳太安慰她：「你們出生入死的游水到香港，患難夫妻，十號風球都打不掉，別亂想！」

「可是人會變的！以前在農村，我們才十幾歲，成天形影不離。如今到了這個花花世界，說不定嫌我土氣了！哼！我就知道，跟他一起工作的導遊是個女人。有一次他睡着了，包租婆叫他接電話，我不想弄醒他，就自己去接。那女人沒想到是我，那一聲『喂』哆得流油，用得着嗎？我都沒用過這種腔調跟他講話！」

「你不要多心，很多人職業上需要這麼油腔滑調的。」

「回來就只顧着睡覺，當我透明。」

「我那個不是一樣嗎？如果他們下班回家都不能休息，那豈不是慘過返工？」

陳太對母親好言相勸，說一些自己的故事來安慰她：比她年長十多歲的表哥來港之後住在她家，後來他們結了婚。開始時家人也不看好，嫌陳生年紀大，但婚後她備受寵愛，夫妻間從來都沒有爭執，就連小孩，都是相親相愛的好兄弟，所以兩個人一條心還是最重要的。簡潔很喜歡他們家那種上和下睦的氣氛，她與家明上同一家小學，回家也待在他那邊做作業，不懂就請教陳生。那段日子，她真以為他們是一家人。陳生架着黑框眼鏡，愛穿襯衣西褲，講話總帶着笑。他給小孩帶東西，無論是糖果或小本子，一定不會忘記她那份，時常問她的功課，每個學期都要看她的成績表。陳太也很疼愛她，因為她喜

歡女孩，她嫌男孩粗心大意、頑皮骯髒、吵吵鬧鬧的。簡潔的頭髮長了，陳太幫她剪，溫言細語的跟她講話。簡潔看不到自己的模樣，但深信陳太會把她弄得漂亮，一點都不痛惜掉落地上的頭髮。剪好了，陳太輕輕撫摸着她的頭說：「真好看！」柔軟的手指滑過她的前額，而她跟母親從來都沒有這種接觸。

陳生盯住她的手冊說：「成績挺好的，不過你這張照片有點古怪，眼腫腫，都不似你的。」

所以這張照片只用了一次。

後來她們申請到公屋，搬家前，陳生送她一張全家福照片作紀念。簡潔捨不得走，她想留下來跟他們一起過。如果這世上真的有幸福家庭，她都是通過他們一家感受到的，這張照片就是最好的詮釋。她家沒有這種相片，沒法交換。媽媽說等搬家之後安頓下來也去照一張，不過，她一直沒有實踐，不知道她只是隨口說說還是忘掉了，直到陳生一家移民去了新加坡還未照出來。

其實爸爸有一部自動照相機，但他太忙，從來沒帶她們出去拍過照，基本上，沒怎麼用過。簡潔上中學了，爸爸把這部照相機送給她作獎勵，於是她開始學習攝影，相冊中的世界也從黑白學生照進入色彩繽紛的生活照。

有一輯照片，是簡潔跟陳生一家在山頂拍的。有一年他們回港過年，她和母親都很興奮，兩家人相約飲茶購物，有滿肚子的話要說。幾年不見，年輕人都長高了，他們那不知何處

放的手手腳腳並沒有增加彼此的距離，反而有一種奇異的清新感，更互相吸引。那次出遊拍了很多照片，其中有一張簡潔特別喜歡，藍亮的天，大家倚在欄杆上，都笑得很自然，除了母親，可能不習慣，或陽光刺眼，只有她皺着眉。背景是船來船往的維多利亞港和巨廈林立的壯觀場面，隱約見到一角他們以前住過的灣仔，雖然房子早就拆了，一片高樓在他們熟悉的街區冒起，感覺上仍是很親切。

寺廟

唸小學的時候，簡潔上課下課都會經過一座廟。這廟其實不大，在路旁，門口總有一兩個或站或坐的老人家，因為她小，就覺得這廟神秘森嚴，幽黑的內堂紅光點點，影影綽綽的，不知道拜的是甚麼神。她對神不感興趣，只因這是必經之路，偶然會看上一眼。有天媽媽接她回家，走到這裏腳步有點猶豫，後來就拉着她進去了。裏面有很多神像，簡潔害怕不敢靠近，媽媽就囑咐她站到一旁，然後走到神壇前的幾個婦女之中，上香跪拜，搖籤筒，唸唸有詞，後來又到旁邊的小間裏。簡潔等了好一會，還不見她出來，心裏很不安，正想叫，媽媽就繃着一張臉出現了，神情呆滯，也沒理會簡潔，自顧自的走到街上。簡潔趕忙跟上去，走了幾步，她忽然轉過臉，背着刺眼的陽光，黑沉沉的像廟裏一尊神像，嚇了簡潔一跳。她惡狠狠地說：「你回去別跟人家亂講！」

講甚麼？簡潔都不知道怎麼一回事。看見母親在房間裏喃喃自語，她坐立不安，想溜走，母親大喝一聲：「不准走！你以為我不知，你喜歡他，成日借頭借路的跑過去，你都不知醜！」順手執起一個衣架要打她，簡潔閃開，衣架落在桌面嘭的一響。陳太聞聲而至，看見簡潔滿臉眼淚，也沒多問，只說：「我做了很多菜，你們都過來一起吃吧。」母親坐在床沿一動不動，陳太就把菜搬過來吃：「多吃點，他們兩兄弟都吃過了。」簡潔知道，其實陳太也吃過了，因為已經很晚，自己已餓得肚子咕咕作響。母親忘了做飯，陳太背着母親用眼神示意她吃，又裝模作樣的拿起筷子夾菜，她才靜靜的吃起來。

後來與家明舊地重遊，細看這廟，其實很小，原建在海邊的山岩上，除了供奉南海守護神洪聖爺還有太歲和金花夫人等好幾位。眾神因應着人們的內心需要而立在那裏，讓人膜拜，寄託種種心願。家明說，這麼多神，當時居民的心思也挺複雜的。簡潔想起那年前母親拉着她進去求籤，這段奇怪的經歷始終沒有跟任何人說，像一片陰暗的落葉深藏在記憶裏，只有時間的風偶然輕輕抖動了它。她有點無奈的嘆息了一聲：「我媽就很喜歡拜神。」家明猜測：「可能是包租婆教她的，她成天的敲經唸佛，你還記得嗎？」她忍不住笑起來。

包租婆是個獨身女子，聽說，以前是富戶的傭人，服務了一輩子，老了，無依無靠，沒有地方可去，僱主就以象徵性的價錢賣了一個名下的物業給她，讓她收租養老。她覺得這是菩

薩賜予的福祉，因此誠心拜神，每天都唸經。她有一隻木魚，要邊敲邊唸。每當聽到那敲木魚的聲音，家昌就飛也似的跑出去。平日簡潔和家明不會跟他一塊胡鬧，但這木魚的聲音好古怪，一下一下，有節奏的響着，能吸人心魂似的，他們忍不住扔下手裏的作業跟過去看。包租婆的房門垂着一塊花布簾，幾雙小眼就在布簾與門之間的空隙中去探個究竟。光線昏暗，他們根本沒看見甚麼，就給大人拉回房間裏。但第二天，只要這聲音一響，就像一塊擊破玻璃的石，穿過他們沉沉欲睡的黃昏，教他們在胃的空虛和眼的疲倦中一驚而醒，身不由己的跑出去，是他們舒展筋骨的一下飛躍。

她聽到媽媽問陳太：「她拜甚麼神？」

陳太說：「這個我不懂，但我知道她每年都去觀音寺，她說拜了觀音之後病也好了。」

於是媽媽也要拜觀音。

一個星期天，簡潔還未睡醒，被母親從被窩裏揪出來：「換衫，我們去大嶼山。」

簡潔跟家明說，那是她第一次坐船，印象很深刻。母親求得一支好籤，心情馬上變好，還持續了頗長的一段時間。果然，沒多久轉機就來了，有一天父親回家說，他不再當水貨客了，打算跟別人學師，做點小生意。母親非常高興，也沒問他想做甚麼生意，馬上跑去買菜。那一晚，他們吃得特別好，過年似的。接着他們還收到政府的通知，將會入住一個公屋單位。

「我記得，後來我們一家也移民了，這轉機也真夠翻天覆地的。」家明接着說。

「真靈驗！都關照到你們家啦！」

當時兩家人忙翻了天，為各自的未來忙碌着，大家連講話的聲音都是亢奮的，沒察覺到多少離愁別緒。母親用愉快的腔調跟陳太說：「香港挺好的，為甚麼要走？還以為安頓下來之後再找你聊天，看來好難了。」陳太邊收拾東西邊回答她：「這工作陳生一早就聯繫好了，也考慮了很久，後來覺得去新加坡還是對孩子們好一點……」那時簡潔也不算小了，心裏很難過，她捨不得跟他們分開，彷彿沒有他們的生活都不似生活了。家明卻在包紮好的物件之間繞來繞去像參觀展覽似的，毫不意識到這之後他們將天各一方。

「真的嗎？我當時有這麼懵懂嗎？」家明有點懷疑她的回憶：「你忘了我把心愛的故事書全留下給你？」

參觀完洪聖爺廟，他們在灣仔的小街裏邊走邊聊，家明提議去金鳳餐廳：「我爸爸好懷念這家餐廳的奶茶，以前他是天天來的，移民之後每次回香港都帶我們來喝，我也上癮了。」

在奶茶的濃香中他們研究下一個遊點。

剛才提到觀音寺，簡潔說：「寺好像比廟厲害，自從母親求得好籤，就改信觀音，在家也擺了觀音像。」

家明說，寺和廟其實是不同的，很多人把兩者混為一談。在中國古代，廟是祭祀天地鬼神的地方，皇帝有太廟，民間有

土地廟；而寺算是行政機構，中國第一個佛寺是白馬寺，是直屬當時朝廷的，它的目的是翻譯佛經，指導大眾共同修行。佛寺裏有藏經樓，很多讀書人都會在寺院裏掛單讀書。

這些簡潔都沒有深究，無論寺和廟，母親都是為了拜神求籤，而隨着她的六神無主，更從不同的寺廟請回不同的菩薩供奉，家中被她弄得滿天神佛。廳裏有一個神櫃，供奉着眾神，當中有一幅鑲在鏡框裏的觀音大士聖像，她不唸經，但燒香，狹小的廳子裏被她弄得煙霧迷漫，熏得人睜不開眼睛，天氣炎熱的時候更覺悶濁，相信這也是父親不願意留在家中的原因之一。

她熟門熟路的帶着家明乘船坐車上觀音寺。她陪母親去過不少香火鼎盛的寺廟，都不喜歡，只有來到這裏，四周瀰漫着一股靈秀之氣，使毫無信仰的凡夫俗子如她，亦感到塵埃盡落的平靜。

寺門外的平台靜如明鏡，幾隻麻雀優雅地蹦跳，表演鳥的芭蕾舞。一圈石欄擋住了碧青的群山，排列成行的褐赤龍紋瓦缸，栽種了不同的植物，星星點點的各色花朵在抖動。中央一座黃銅爐子，插滿了燃燒過後的香燭殘枝，密密麻麻的竹籤，幾根還未熄滅的香火升起縷縷輕煙，隨風飄到深谷裏，與山嵐霧氣連成一片。

正午的暑熱過了，山間的樹互相打招呼，滾滾綠浪，掀起草木香和泥土的潮味。簡潔的裙子拂拂揚揚，柔軟的布料撫摸

着她的腿，真是難得的舒爽。他們捨不得一下子就進寺裏去，在平台上瀏覽着，眺望遠方一幢藏在樹叢中的房子。家明說：「不知誰會住在這種與世隔絕的地方，說不定真的能避開塵俗的煩惱。」還未說完，一陣低低的誦經聲傳來，像半夜的夢囈，令人全身的血液都慢慢聚到一處，變成平靜的直線在經絡中運行。

她嘆息一聲：「我媽也常來，但這麼多年，還是老樣子，相信住下來也沒用。」

終於，他們把鞋脫了，走進殿堂中。涼涼的暗影圍上來如深潭之水，自頂至踵的把他們沖洗得乾乾淨淨。

觀音慈悲地俯視他們，香燭那溫暖平和的氣息令人安寧。在幽邃的氛圍裏，簡潔想起她那在迷障裏掙扎的母親，不知何時才能得到真正的平靜，被困擾的心靈能夠化解，再無有束縛，無有牽絆，明白一切只是過眼之雲，如輕煙，如山風，如露亦如電。

她合掌，細細的白煙在半空翻滾，捲成雲朵，看似招喚天地間飄泊的心魂重歸元神。

她和他

他是她最好的朋友，這是肯定的；但他是不是這樣想，她就不知道了。

小時候每天都有好多話要跟他說：班上發生的一切、家裏的事、她做的夢、心裏那些模糊的想法……他安安靜靜的，在

畫圖畫或寫作業，偶然停下來回她一句，才知他全聽進去了。後來大家雖然隔得遠，不常見了，仍繼續通訊，在網上聊天，兩小無猜的感情並沒有中斷，他暑假回港更是火速發展，談了很多一起到外國留學的計劃。她覺得，自己在這樣的家庭中成長，而沒有變成她父親或她母親那樣的人，全因為有他，才能激起這許多動力和希望。他讀書的成績很好，固然是她的榜樣；一些重大的決定，譬如選修學科，選學校，也只能跟他商量，他甚至會告訴她剪甚麼髮型、穿甚麼衣服好看。

可是他唸研究院的時候，她已經出來工作了。

不是不想讀書，而是她自知沒有這個條件再唸碩士博士，畢業之後還是早早找份工作是正經。他安慰她：「在外國，很多學生都工作幾年，等儲夠錢了又找到自己的興趣之後再進修。」

自從她拿到第一個月的工資，嘗到自給自足的滋味，她就知道，自己不會放棄銀行這份工作。一來，她沒有他那麼多興趣，更不要當學者當教授；二來，她想請一個印傭照顧母親，這個擔子對她來說並不輕，現在如此，恐怕將來亦如此。

他繼續唸他的書，時間長了，她無端生起一個念頭：這麼優秀的男子，就沒有別的女孩子喜歡嗎？

忽然，她完全理解她的母親。

無論上班或休假日，她都要監督母親服藥，之後才能進行其他活動，要離開幾天更是不可能，她擔心母親忘記服藥引致情緒低落，從十九樓跳下去。這些，她時有所聞，在報刊上偶

然也看到這一類的報道，醫生也跟她解釋過不定時服藥的危險性。

有時，她也自責，如果早些發現母親的病，早些進行治療，情況會否不一樣？然而，總有很多理由教人忽略了種種蛛絲馬跡，對病徵視若無睹，像她父親的解釋：她的脾氣一向都不好、她是天生的醋罈子、她得了更年期綜合症……於是，母親在下行的軌道上急速滑落。

有一天她回家，開了門，廳裏烏燈黑火的，幽暗中，看到母親坐在椅子上，她有點奇怪，按亮了燈，只見她淚流滿面。

「這不關我的事！這真的不關我的事……」她惶恐地說。

「媽，究竟發生了甚麼事？」她吃了一驚。

順着她手指的方向看過去，她見到鑲着觀音大士像的鏡框破了，閃電似的裂紋在觀音身上爆開。

母親非常恐懼：「無緣無故，它自己裂了，是觀音發怒了，因為你們都不夠誠心，難為我，做了這麼多，都擋不了災，如今大禍臨頭了……」跟着她哭得發抖。

她不知道如何安慰激動的母親，唯有打電話給父親。幸而，一打他的手機就接通了。因為他時常出差，過關之後手機就沒有訊號，而他一直都沒有留下其他聯絡號碼，理由是他走遠了甚麼都管不到了，沒有必要找他。電話裏，父親還不大相信出了事，竟說：「不是騙我回家吧？」

真被他氣壞！他曾經說過：「我好忙，真有要緊的事才找

我，千萬不要告訴你媽我的手機號碼，否則我整日不得安寧。」
她也不知該從何講起，唯有用誇張的語氣說：「阿媽瘋了！」

父親進門，母親哭得更厲害，一再重複：「這不關我的事，
我沒有碰過那張相，無緣無故就破了！真的不關我的事，一定
是有鬼，有鬼呀，我好驚……」

見她語無倫次，兩個人都不知如何是好，還是她的主意：
「不如帶她去看醫生。」

他們第一次聽到抑鬱症這個名詞。

在急診室打了一針鎮靜劑，帶她回家，沉沉的睡了一天一
夜，醒來呆頭呆腦的，要再吃一種藥清醒。

醫生囑咐，一定要吃藥，定期覆診，否則情緒不受控制。

安靜下來的母親，純和了，但又沒有甚麼表情，腦筋好像
轉不動似的，老想睡覺。跟她說話，也不一定答應，愛理不理
的，偶然淡淡一笑，不知她笑甚麼，從來沒見過母親這個樣子。

父親還說：「她本來就瘋瘋癲癲的，遲早發病。」

他們是典型的可以共患難而不可共富貴的夫妻，在崎嶇的
路上同步，在平地上失衡，但她仍是明知不可為而為之的說：
「爸爸，你真的那麼忙嗎？不可以多點回家嗎？」

「哪有這麼多時間！我這種小生意，甚麼都要親力親為，不
然怎麼撐下去？」

總之，他有很多理由。已屆中年的父親仍相當精神，而母
親已變得肥胖臃腫；從他對她的冷淡情況推測，說不定外面還

交了些女朋友或情人。爭執多年,一個只想往外跑,一個只想對方留在家,最後變成這樣,是他的原因?還是她的原因?

她早勸過母親去社區中心參加一些興趣班,交些朋友,如果她想工作,就去找工作。母親不要去興趣班,她認為自己跟別人合不來,也沒有甚麼工作適合她,她更擔心離家太久錯過了父親待在家中的時段。基本上,她只想跟父親一起工作,而這幾乎是不可能的。

不止一次,母親提議跟父親一起上班:「你這麼忙,不如我去幫幫你。」

父親跳起來:「你會做甚麼?難道去掃地送貨?」

「我可以學,你都做得來的事,我肯定也不會太差。你教我游水,我不是一學就會嗎?」

「唉!不是每件事情都像游水那麼簡單;況且,我不是大老闆,不是我說了算的。」

「反正都聽你的,你說怎麼做我就怎麼做。」

「你以為我在中環的寫字樓上班?工廠區,廠裏全是染髮紋身的金毛,粗口爛舌的,你管得了嗎?」

母親還是不明白:「那甚麼生意要這樣從早做到晚甚至通宵的?」

父親的藉口:「不應酬一下如何做得成生意!」

講來講去,就是沒有一句搭得通。

對着他們,她也累,因此想到請一個傭人照顧母親,她可

以偶然離開一陣子，或去看看他，透一口氣，到外國留學就不要想了。

她這樣說，他不以為然：「事情總會有轉機的，你不夠積極，自己的人生得自己創造。」

轉機？她母親不是為了這個求神問卜的嗎？

她想起船走在碧藍的海上，偶然會遇到一些小島，微微隆起的小山上長滿植物，島像一片綠葉那樣浮在海面。每次，她都留心細看，島上有人嗎？會不會有一個像她母親那樣的女子，在等待救援？廣闊無邊的大海，她彷彿看到母親還在水裏游動，一直都在這苦海裏掙扎，從來都沒有上過岸。

我的文學教育

之所以有這麼一篇文章，並不意味着我在文學上有甚麼成績，足以讓別人參考；只是多年前，承蒙《城市文藝》的梅子先生看重，邀我參與他為年輕人編纂的一個特輯，主題是文學教育。我談了些個人經驗，沒有甚麼特別之處。整理這本小說集的時候，無意中翻出此文，覺得稍為修改或補充，變成一篇後記亦未嘗不可，或可顯示某個年代某個人與文學的關係，算是一個記錄吧。

在我成長的環境裏，沒有誰提起過文學教育，或認為文學是必修課。回憶中，所有人都很敬重與「文字」有關的一切，譬如書本、老師、作者、編輯……甚至連文具店都帶着清新的氣息，好像經營那種生意的人都算是「文人」了。我天資不算聰慧，跟別的小學生沒兩樣。父母沒有強制性的要小孩讀些甚麼書，也沒看重甚麼教育方式，隨得我們自由發展，總之上學就行了。

我的母親比父親開明，我的第一本課外讀物《兒童樂園》，就是她訂的。那時我大概唸小學一年級，覺得這本書實在太精彩，比課本有趣多了，每個月都和弟弟搶着看。這本小書薄薄的，很快就看完，要等好久才等到下個月的新書。後來發現家

附近的文具店有童話書出售，而且買入一本之後，只要沒有破損，讀完了可以回去換另一本，於是我的零用錢全去了那家文具店。為了換書，我讀得非常小心，珍之重之的捧在手中，有如稀世珍寶，絕不敢邊看書邊吃東西，怕弄髒了老闆不肯換。就這樣，我讀了整套《格林童話》和《安徒生童話》，還有《一千零一夜》。那時覺得日常生活很平凡，而書中的世界十分奇妙，有長尾巴的人魚公主、木偶的鼻子能增長縮短、狼竟然會變成外婆。我不知何謂文學，只是在這些故事中成長。閱讀帶我進入一個寬廣華麗的天地，我在其間流連忘返。

文具店的書看完之後，我發現一個更大的寶庫，就是離家不遠的圖書館。在那裏，一本書都不用買，可以隨便看，看不完的可以帶回家看，實在太好了！那時我不懂得甚麼寫作技巧，一本書有吸引力完全是因為它的內容：或許它把我所想的寫了出來引起共鳴；或是我寫不出來的它寫得明明白白；或提醒了我對事情的看法；或引領我攀登一片前所未有的新境界。閱讀能力亦是積累的，某一類書看懂之後，我就對些看不懂的產生好奇，非要弄個明白不可。小學時期我讀五四的文學作品，比較深刻的如冰心、朱自清、巴金、魯迅等。上中學之後我喜歡看翻譯小說，如海明威、史坦貝克、卡繆、川端康成、三島由紀夫等的作品；也看台灣文學，相對於五四作家，他們有一個全新的敘事方法，非常吸引我。年紀再長一點，我跑去中環大會堂的圖書館，那裏有更多書，這個時期我又回過頭去

發掘中國古典文學，反正在圖書館裏翻到甚麼我感興趣就看甚
麼。我自由自在的閱讀，原來這不是必然的。有一次我與班上
的同學聊天，中國同學竟不識吳濁流，而台灣同學沒聽過劉賓
雁，法國同學就很奇怪為何我都知道。這個，得感謝香港的圖
書館和那些樓上書店，我成長期間的文學營養都是在此獲得的。

就這樣，在無人指導的情況之下我亂翻書，其實是囫圇吞
棗。今天回想，如果當時有一個懂得看書的人帶領我，應該會
變得更聰明一點。多年之後，我上 Isabelle RABUT 的課，才領
會到學者那嚴謹的讀書方法。除了在法國東方語言學院講授中
國現代文學，她亦是沈從文和余華作品的譯者，兼有名的出版
社Actes Sud 的中國文學系列的策劃人。如此忙碌，她上課永不
遲到，早上八點鐘已坐在那裏，兩小時的討論一點都不馬虎，
每個人都得發表意見，她自己一口氣講到底也不需要休息。沒
準備好，我都不敢進她的教室。

那是否書看多了就能寫呢？這個假設我是贊同的。我相
信，在學會寫之前，得先學會讀。余華在《內心之死》的前言中
說：沒有一個作者的寫作歷史可以長過閱讀歷史，就像沒有一
種經歷能夠長過人生一樣。我童話書看多了，滿肚子故事，開
始講給我的弟弟妹妹聽。他們年紀太小，未識字，即使上幼兒
園了亦只會看圖片。我不想重複那些故事，於是隨意改編，移
花接木或添油加醋，把白雪公主搬去愛麗絲的仙境，讓魯賓遜
漂流到桃花源。我甚至動手搞了一個繪本，內容古靈精怪，被

大人發現了教訓一頓，本子扔到垃圾桶去了。

　　當然，亂寫亂畫只是塗鴉，創作技巧是另一個課題。為了提升判斷力，作者必須不停的擴展閱讀經驗，因為他同時是自己的讀者和評審，那是無法逃避的。回看舊作，我總找到之前未及發現的瑕疵，這本小說集亦不例外。其中過程最曲折的是最後完成的〈夏日〉，改動了不知多少次。算起來，差不多是十年前動筆的，但中途停頓了。小說是虛構的，但故事的藍本影響我，隨着男主角失去蹤影，未完成的稿件就一直擱在電腦中。我曾運用想像力為他設計了好幾個不同版本的人生，卻總不滿意。疫情期間，世界上每天這麼多人死去，匆匆浮生，誰也不曉得明天會怎樣。現實世界遠比創作戲劇化，我自己也不知是怎麼個活法，那先讓男主角在故事中活下去，由他自尋出路。集子中最快完成的短篇是〈易安〉，前後不過兩三天，沒甚麼修改就發表了。2017 年陶然先生約我為《香港文學》寫一個故事新編。我未寫過這類故事，有點猶豫，不敢答應。他鼓勵我：「你試吓啦！」初時不知從何下筆，剛好那陣子教學生寫陶淵明的〈歸去來辭〉，就讓陶淵明去了香港。如今回看，這不是我小時候給弟妹講故事的伎倆嗎？

　　近年我常讀 Dany LAFERRIERE 的作品，喜歡他赤道與極北的交融，過去與現在重疊的描述方式。我在電視的訪談節目中認識這位出生於海地、流亡加拿大後來成為法蘭西學院院士的作家，於是在網上搜尋他的書。如今我甚少去圖書館了，以前

兩星期內看九本書的本領沒有了，時常被圖書館催促還書，甚至被罰，唯有改為買書，放在家裏慢慢看。可惜好書太多，目力卻有限。有些事情定要趁年輕的時候實踐，讀書是其中之一。

黎翠華作品

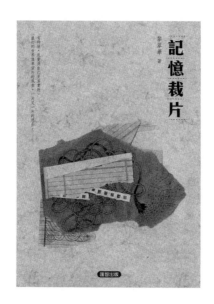

《記憶裁片》

本書是作者的第二本短篇小說集，書中收錄了十四篇小說。這十四篇小說，題材多樣，技巧多變。有描述女性的細緻心理變化，如〈陸沉〉、〈迷情〉；有刻劃男女之間的無奈，如〈相遇〉、〈洗衣店〉；有寫姐妹間的怨懟和深情，如〈生日快樂〉、〈雙妹嘜〉。另外，又有異鄉的奇情故事，如〈共和廣場〉、〈一男一女〉，也有回歸本土的友情詠嘆調，如〈歸家的訊號〉。與疑幻疑真的〈畫廊咖啡店〉相對比，則有生活寫實的〈黑雨〉。高超的小說技巧，加上細膩的敘事手法，令故事讀來趣味盎然，引人入勝。

* 本書榮獲第十三屆「香港中文文學雙年獎」小說組推薦獎

責任編輯：羅國洪
封面設計：陳曦成

浮生拾記

黎翠華　著

出　　版：匯智出版有限公司

香港九龍尖沙咀赫德道2A首邦行8樓803室

電話：2390 0605　　傳真：2142 3161

網址：http://www.ip.com.hk

發　　行：香港聯合書刊物流有限公司

香港新界荃灣德士古道220-248號荃灣工業中心16樓

電話：2150 2100　　傳真：2407 3062

印　　刷：陽光 (彩美) 印刷有限公司

版　　次：2020年12月初版

國際書號：978-988-74437-0-4

香 港 藝 術 發 展 局
Hong Kong Arts Development Council 資助

香港藝術發展局全力支持藝術表達自由，本計劃
內容並不反映本局意見。

ISBN 978-988-74437-0-4